忘れられた秘書の涙の秘密

アニー・ウエスト 作
上田なつき 訳

ハーレクイン・ロマンス

東京・ロンドン・トロント・パリ・ニューヨーク・アムステルダム
ハンブルク・ストックホルム・ミラノ・シドニー・マドリッド・ワルシャワ
ブダペスト・リオデジャネイロ・ルクセンブルク・フリブール・ムンバイ

UNKNOWN ROYAL BABY

by Annie West

Published by Harlequin Japan, a Division of K.K. HarperCollins Japan, 2025

アニー・ウエスト

家族全員が本好きの家庭に生まれ育つ。家族はまた、彼女に旅の楽しさも教えてくれたが、旅行のときも本を忘れずに持参する少女だった。現在は彼女自身のヒーローである夫と２人の子とともにオーストラリア東部、シドニーの北に広がる景勝地、マッコーリー湖畔でユーカリの木に囲まれて暮らす。

主要登場人物

アヴリル・ロジャーズ……………………アシスタント。
マリアム……………………………………アヴリルの娘。
シーラ………………………………………アヴリルの大伯母。故人。
イサーム・イブン・ラファト……………ザーダール王国の皇太子、のちに国王。
ラシド………………………………………イサームの側近。
ヌール………………………………………イサームの妹。故人。
ハーフィズ…………………………………イサームの遠い親戚。

1

皇太子が戻ってくるまでしばらく時間があった。ここはロンドンでも指折りの高級ホテルで、スイートルームは最上階全体を占めている。

ドアが開くと、アヴリルは顔を上げた。イサームがそばにいるときはいつもそうだが、肌がざわついた。彼はスーツのジャケットを脱いでいて、完璧な仕立てのシャツの下の固い筋肉に視線が引きつけられた。

高鳴る鼓動を抑えようと、空気を吸いこむ。アヴリルはイサームのような男らしい男性の近くにいるのに慣れていなかった。もっと外に出るようにしたほうがよさそうだ。

皮肉な話だった。大伯母シーラの死は、外出のままならない生活を送っていたアヴリルに自由を与えた。しかしこの数週間、彼女は外に出るのに気力をふるい起こさなければならなかった。悲しみが重くのしかかり、孤独をひしひしと感じた。安心感と愛

ザーダール王国の皇太子イサーム・イブン・ラファトが立ちあがり、会議テーブルを回って客に近づいた。「ありがとう、ミスター・ドラッカー。実に有意義な面談だった」

アヴリルは驚きを押し隠した。皇太子が自ら客を送ろうとするとは。それはイサームのアシスタントである彼女の役目だった。ドラッカーも興奮を隠せないようすだ。面談に先だって何度か電話でアヴリルと打ち合わせをし、面談中もちらちら胸を見ていたにもかかわらず、ドラッカーは彼女に別れの挨拶をするどころか一瞥《いちべつ》すらせず、ドアに向かった。アヴリルは不快感を抑え、ノートに集中した。

を与えてくれた大伯母の命と引き替えに自由を得たいとは思わなかった。気が強いのに繊細でもあったすばらしい女性が恋しくてたまらなかった。

イサームがネクタイをゆるめ、シャツのボタンを二つはずした。「気にしないでくれるね、アヴリル？　長い午後だったし、服に締めつけられるのは嫌いなんだ」

でも、着こなしは完璧だわ。

アヴリルは口まで出かかった言葉を押し戻した。この四日間そばで仕事をしてきたにもかかわらず、写真よりも実物のほうが魅力的だという事実にいまだに驚いていた。

そんなばかな。あなたはもう半年も彼のために働いてきたのよ。

アヴリルはこのはっとするほどハンサムでカリスマ性のある男性とメールや電話でやりとりし、好感を持つようになった。頭が切れ、それでいて親しみやすい彼をただの雇い主と考えるのはむずかしかった。

イサームにとってアヴリルはイギリスに在住する唯一のアシスタントで、彼がこの国で運営しているビジネスのパイプ役を務めていた。

しかし、長距離電話でイサームとちょっとした雑談をするとき、アヴリルは二人がビジネスを超えたところで気持ちが通じ合っている気がした。最近では、シーラを除く誰よりもイサームを身近に感じていた。

アヴリルはなじみのない全身のほてりにとまどいながら応じた。「もちろん気にしません、殿下、いえ、イサーム」

イサームの黒い眉が嘲るように上がった。だが、アヴリルが敬称の代わりにファーストネームで呼び直すと、満足げにほほえんだ。

男性の笑顔にどぎまぎするなんてどうかしている

わ。やはりもっと外に出なくては。何カ月も前から彼をファーストネームで呼んでいたのに、なぜ急に気後れを覚えているの？

実際に会ったイサームは、アヴリルが電話やメールを通して親しくなった彼よりもずっとセクシーだった。そのせいか、イサームと離れているときには簡単に思えた実務が、今はなぜかむずかしく感じられた。

それはイサームが単なる雇い主ではないからよ。彼はあなたが出会った中で最もセクシーな男性だから。眠っていた切望を目覚めさせた初めての男性だから。

アヴリルはイサームが自分の気持ちに気づいていないことを願った。大伯母の介護で忙しく、恋人を作る余裕がなかったせいで性的な経験が皆無なことを知られたくなかった。

イサームがロンドンに来てからは、セクシーな妄想で頭がいっぱいだった。そんなことは初めてだ。昨夜は彼に触れたり、キスをしたり、服を脱がせたりするところを想像して何時間も眠れなかった。今もイサームの近くにいるだけで興奮を覚え、下腹部になじみのないうずきを感じる。

アヴリルはあわてて腿をきつく合わせた。

「有意義な面談だったとお考えですか？」ぎこちない口調になり、メモを読むふりをしてノートに視線を落とした。イサームが自分の目に何を見て取るかを恐れていたからだ。骨まで溶かすような彼のほほえみに動じず、アシスタントに徹しなくては。

イサームがアヴリルの横の椅子に座り、こちらに回転させて膝を近づけた。「ああ、とても。彼をどう思った？」

「私が？」

驚くことではなかった。イサームは以前からよくアヴリルに意見を求めていた。ただ、彼の口調の何かが引っかかり、アヴリルはさっと顔を上げた。

グレーの瞳が彼女をじっと見つめた。まっすぐな鼻の下の彫刻のような唇は真一文字に結ばれている。不満そうではないが、うれしそうでもない。

ドラッカーはイサームに何を言ったのだろう？

「それは私が判断することではありませんわ」

「だからって、君が意見を言うのを止めたことはないだろう？」

アヴリルはためらった。イサームは尊大かもしれないけれど、決してせっかちではない。彼女は唇を噛《か》み、顎を上げた。「私なら彼は雇わないでしょうね」

グレーの瞳に何かがひらめいたが、アヴリルにはその正体がわからなかった。「続けてくれ」

アヴリルは肩をすくめた。「彼の考える優先順位が正しいかどうか、疑問に思えるからです。ホテルにスイートルームを設けるために資金をつぎこんだのは、過剰資本ではないでしょうか。立地のせいか、稼働率は決して高くありません。もっと手ごろな料金の宿泊施設なら利益をもたらすのに、彼はそちらに関心を持とうとしない。そのうえ――」イサームがうなずくのを見て、彼女は続けた。「彼は人件費を切りつめています。法的な問題は別として、従業員を大切にせず、十分な報酬を与えない人物を雇いたいと思いますか？　もしあのホテルを買収するなら、私は間違いなく彼をエグゼクティブマネージャーとして雇いつづけることはしません」

「彼は君をちらちら見ていたな」

不快感を思い出し、アヴリルは肩をいからせた。

「女性を見ずにはいられない男性もいますから」

白いシャツと地味なネイビーのスーツを着たごく平凡な女性をさえ。オフィスではなく自宅でリモートワークをするようになったときは、男性の視線がないのをありがたく感じたものだ。

「彼が君を不快にさせてすまなかった。だから面談を早めに切りあげたんだ。彼を雇うつもりはないが、直接会って、僕が正しい判断をしているかどうか確かめる必要があった」イサームの口調が険しくなった。「さっきの面談で確認できたよ」

イサームはドラッカーが私をいやらしい目で見ていたから面談を打ち切ったの？　アヴリルが横目でうかがうと、彼は心配そうにこちらを見つめていた。

「私はべつに気にしていません――」

「いや、そんなことはないはずだ。だが、我慢してくれてありがとう。本当にすまなかった」

イサームが責任を感じている？　いいえ、私が自分で対処すべきだったのよ。仕事に徹することで、あの男性の視線を気にしていないふりをするのではなく。アヴリルは自分にそう言い聞かせた。

だが、イサームがドラッカーのふるまいを見とがめ、行動を起こしたことを思うと、胸に温かい感情があふれた。

あなたは感情を抱くためにここにいるんじゃないわ。仕事をするためにここにいるのよ。

だが、アヴリルは自分の内にともった温かい光をかき消すことができなかった。

「さっき取ったメモを整理して送りますね」

長い一日にもかかわらず、アヴリルは自分の役目を楽しんでいた。イサームと一緒に働けるのがうれしかった。彼の仕事ぶりは尊敬に値するし、こちらの意見を尊重してくれるのはありがたい。

この男らしくカリスマ性のある男性と一緒にいることに、彼女の中の女性的な部分が興奮していた。

それに、シーラと暮らしていた家に帰るのはつらかった。イサームはとても生き生きとしていて、アヴリルの中の殺伐とした孤独感を癒やしてくれた。

「ありがとう」

イサームが足を止め、額にしわを寄せた。しかし、そんなしぐさも端整な顔立ちを損なうどころか、かえって魅力を高めていた。

気をつけて、アヴリル。彼に見とれているわよ。

「明日ザーダールに戻るが、その前に片づけなければならないことがいくつかある」イサームが腕時計に目をやった。腕時計は人目を引く洗練されたデザインで、おそらくシーラの家より高額だろう。「もう遅いが、今夜は残って仕事をしてくれるかい?」

アヴリルはためらった。イサームのために時間を割くのが惜しいからではない。彼のスイートルームでこれ以上仕事をするのは得策ではないからだ。イサームは雇い主に徹しているけれど、彼に対する私の気持ちは混沌《こんとん》とするばかりだ。

現実を直視しなさい! あなたは彼に魅力を感じ、欲望を抱いているのよ。

「ここなら文句なしのディナーを用意してくれるし、そのあとは僕の運転手が家まで送る。他に用事がなければだが」

胸にわびしさが広がった。大伯母が大事にしていたセントポーリアに水をやることと、彼女の服を整理して慈善団体に寄付すること以外にはなんの用事もなかった。

イサームはアヴリルの口元がゆるみ、笑みを形作るのを見た。とたんに胸の奥が痛いほど締めつけられた。

その笑みは、イサームが皇太子であることを忘れたときのような温かいほほえみとは違っていた。むしろ部屋に案内しながらドラッカーに向けていた儀礼的なほほえみに近かった。

突然、イサームは椅子に戻った。リモートとはいえ何カ月も一緒に仕事をするうちに、彼は今までどんな女性にも感じなかった親しみをアヴリルに覚えはじめていた。だが、彼女に危険なほど惹《ひ》かれつつも、それを表に出さないよう気をつけてきた。

二人が雇用関係にあり、対等とは言えないせいで、イサームは自分の気持ちにまかせて行動することができなかった。アヴリル・ロジャーズは手を出してはならない存在だ。たとえ自分の下で働いていなかったとしても、彼女は家庭的な温かい女性で、短期間の情事で満足するいつもの相手とは違う。

イサームはロンドンに到着してからのこの四日間、アヴリルはアシスタントなのだと常に自分に言い聞かせていた。しかし、あまりにも頻繁に彼女が興味ありげにこちらを見るせいで、欲求不満がさらに刺激されていた。

アヴリルの茶色の瞳が熱望と畏敬の念をないまぜにして輝き、ピンクの舌が下唇をなぞるとき、イサームは自分の道徳心がとことん試されている気がした。

だが、今は違う。

「アヴリル、大丈夫かい？」

アヴリルがまばたきをして取りつかれたような表情を消し、背筋を伸ばした。「もちろん。今夜のことを考えていたんです」

「急に頼んですまない。無理ならかまわない――」

「いいえ、今夜は何も予定がありませんから、残って働けます」アヴリルが浮かべた笑みはさっきより親しみがこもっていた。「ザーダールへ発《た》たれる前に仕事を終わらせましょう」

イサームは自制心には自信があった。あと数時間、魅惑的な彼女のそばにいても問題はないはずだ。

しかし、アヴリルはイサームの記憶にあるどんな魅惑的な女性とも違っていた。有能な上に聡明《そうめい》で、アシスタントとして完璧だが、それとは別に温かさや純粋さもある。性的な魅力は言うまでもない。オーソドックスなスーツでは体の線はほとんどわからないが、その魅力は今まで出会った多くの女性たちとはまったく違う。健康的な雰囲気とは裏腹に……。

これ以上考えないほうがいい。ドラッカーのいやらしい目つきに嫉妬のような感情を呼び起こされたことも忘れよう。

おまえは彼女に自分だけを見てほしいんだろう?

まさか。イサームの視線はアヴリルの膝の上で組み合わされた手にそそがれた。その手が自分の体をなぞるところを何度想像したことか。

イサームは立ちあがって会議テーブルを回り、こわばってきた下腹部を隠そうとズボンのポケットに手を突っこんだ。

「よし。夕食は何がいい?」

数時間後、仕事を終えたアヴリルは凝った筋肉を伸ばし、椅子から立ちあがった。イサームはザーダールからの電話に出るために部屋を出ている。

イサームにまた会えるだろうか? おそらくその機会は当分ないだろう。前と同じく、在宅で仕事をすることになるはずだ。

それでいい。私には彼との距離が必要だ。

でも……。

それ以上考えないで! イサームに恋をするにはあなたは分別がありすぎる。あなたと彼が……ありえないわ!

アヴリルはほとんど手をつけていない赤ワインのグラスを手に取り、窓際へ向かった。運ばれたすばらしい料理を見て、思わずワインを一杯頼んでしまったのだ。シラーズはシーラが好きな品種だった。注文したのはきっと感傷からだったに違いない。

アヴリルは暗い通りを見おろし、このメイフェアを魅力的にしている緑豊かな公園を眺めた。雨が降ったため舗道が濡《ぬ》れて光り、シーラが逝った夜のことを思い出させた。

切なさが胸に広がった。シーラは痛みに苦しんでいた。眠っている間に安らかに息を引き取ったのは、ある意味で喜ばしい解放だった。シーラはアヴリルがふさぎこまないことを望んでいた。いずれ彼女が自分の時間を持てるようになったときのために〝やりたいことリスト〟まで作らせた。

シーラはすばらしい女性だった。アヴリルは小さくほほえみ、グラスを掲げて乾杯のしぐさをすると、芳醇《ほうじゅん》なワインをゆっくりと味わった。ワインは体を温め、心地よさで包みこんだ。

明日はシーラに敬意を表してリストに目を通そう。でも、リストにはイサームのことも載っている。冒険する準備はできているの？

「アヴリル」

イサームの低い声が背後から聞こえた。はっとして振り返ると、彼がすぐ後ろに立っていた。顔が影になり、よりいっそう男らしく見える。

振り返ったはずみで赤ワインが揺れ、グラスから飛び出してイサームの新品のシャツにかかるのを見て、アヴリルは恐怖に駆られた。グラスを置いてティッシュを探したが、バッグとジャケットは部屋の反対側にあり、ナプキンはとっくに片づけられていた。

「ハンカチは？　ティッシュは？」

アイロンがけされた雪のように白い大きなハンカチがアヴリルの手に押しつけられた。彼女はハンカチをイサームのシャツに当て、ワインの染みが広がるのを防いだ。さらにもう一方の手でシャツのボタンをはずしていく。「すぐに脱いで塩をかければ染み抜きができるわ。あるいは冷水につければ」

そこで突然、温かい筋肉が動き、イサームの吐息が愛撫《あいぶ》のように頬にかかるのを感じた。凍りつき、目を見開いたアヴリルは、左手で湿ったハンカチをイサームの胸に押し当てているのに気づいた。右手はシャツの下のほうのボタンにかかったまま動かない。呼吸のたびに彼の胸は大きく上下している。

興奮がうなじの毛を逆立てた。

「ここから先は自分でやるよ」

イサームの声が緊張を帯び、ざらついて聞こえるのは、聴覚がおかしくなったせいに違いない。それとも、耳の中でどくどくと鳴っている脈のせいだろうか。

アヴリルの全身がうずいた。

「そうですね」

視線はイサームの胸に当てられた自分の手に釘《くぎ》づけになっている。離すべきなのに、手を動かせない。脳が機能していないか、体が脳の命令を拒否しているかだろう。

イサームに触れること、オーダーメイドの服の下の力強い体を目にすることをずっと夢見てきた。実際はあまりに衝撃的で刺激的だった。現実のイサームの体はアヴリルの動く能力を奪っていた。

大きな両手がアヴリルの手をおおった。しかし、その長い指は彼女の手を引き離すのではなく、やさしく包みこんだ。

アヴリルはあえいだ。ただ感じることしかできなかった。柑橘《かんきつ》系の香り、温かい胸、やさしいが力強い手。自分の指の下で大きく打つイサームの心臓。

「アヴリル、僕を見てくれ」

このひとときを壊したくなかったが、アヴリルはしぶしぶ目を上げ、イサームのブロンズ色に輝く喉を見た。それから髭《ひげ》が伸びかけた顎、彫刻のように完璧な形の唇、気品のある鼻へと視線を移した。

アヴリルは飛びあがりそうになった。イサームの顔にはこれまで見たことのないものが表れていた。

ありえないと思っていたものすべてが。

欲望と興奮が。

アヴリルは自らイサームにもたれかかった。胸が彼の固い体に密着すると、肌がほてり、血がたぎった。

言葉が出てこなかった。イサームのようにアヴリルを見つめた男性はいなかった。

まるで私をむさぼりつくしたいと言わんばかりだ。私がイサームを求めているのと同じく、彼も私を求めている。

その事実がアヴリルに力を与えた。

彼女は唾をのみこみ、下唇に舌を這《は》わせた。イサームの目が熱を帯び、小鼻がふくらむ。突然、彼はアヴリルの知っている紳士ではなく、略奪者に見えた。目は貪欲に輝き、重ねられた手は独占欲を感じさせる。アヴリルは彼の変貌ぶりにどきどきした。

「イサーム」

彼の名前を口にするのに苦労はしなかった。切望のこもったハスキーな声でささやくと、アヴリルは二人の距離を縮めるために爪先立ちになった。


するとイサームが後ずさりした。部屋は心地よくエアコンが効いているのに、北極の風が二人の間を吹き抜けていくように感じ、アヴリルは身震いした。

「こんなことはありえない」イサームの声は今まで聞いた覚えがないほど低く、それまで完璧だった英語に独特のアクセントが混じっていた。

だが、実際に起こっているのだ。彼だって二人の間に燃える欲望を感じていたのでは？

「僕は君の雇い主だ」イサームはかぶりを振り、唇を引き結んだ。「これは間違っている」

アヴリルは理解した。確かに二人の関係は対等とは言えない。でも、イサームは私を利用しようとはしなかった。その態度は尊敬に値する。

この欲望は間違っていない。お互いに感じている確かなものだ。

海に長くもぐっていたダイバーが空気を求めるように、アヴリルはこれを求めていた。胸の動悸《どうき》と体の奥の焦燥感はすべて欲望のせいだった。

「私の雇い主ではないふりはできない？　私があなたのアシスタントでないふりは？　今夜だけ？」

他のときなら、自分の必死さにたじろいだかもしれない。だが、二人の間にあるこの欲望は社会的ルールよりも大切に思えた。アヴリルは二十六年間、これほど強烈な欲望を経験したことがなかった。

イサームが顔をしかめた。もはや都会的でも冷静沈着でもなく、彼女と同じく強い感情のとりこになっている。「いや、絶対にだめだ！」

急に動けるようになり、アヴリルは冷えきった体に腕を巻きつけた。

私は何を考えていたのだろう？　イサームが女性たちと写っている写真を見たことがあるけれど、どの女性もセクシーで美しく、間違いなく彼にとって理想的な社交界の花だった。

「わかりました」アヴリルは傷つくまいと必死だった。理性的に考えれば、自分がどうかしているとわかったはずだ。私は彼の世界にも彼の期待にもそぐわない。「私が洗練されたセクシーな女じゃないから、あなたは――」

「アヴリル、君は勘違いしている」

これ以上愚かなことを口走る前に、アヴリルはかぶりを振った。もう帰る時間だった。

「君のせいじゃない」

イサームはアヴリルの自尊心をなだめようとしたのかもしれないが、その言葉は逆効果だった。困惑が怒りと化して血管を駆けめぐるのを、彼女は歓迎した。少なくとも今は恥ずかしさや失望を消し去ってくれるから。

「そうでしょうね。私たちの間には大きな隔たりがある。私は庶民で、あなたは――」

「そこまでだ！」イサームが腕組みをし、鋭く目を光らせた。その姿は怒った男性そのもので、アヴリルは膝がなえそうになったが、背筋を伸ばして彼の険しい視線を受けとめた。「僕は今日一日、自分の感情を閉じこめて過ごした。君に惹かれる気持ちを無視して、なんの関心もないようにふるまっていたんだ」

アヴリルは呆然《ぼうぜん》としながらも、イサームの顎がこわばるのを見つめた。彼は心底怒っている。しかし、イサームの怒りはアヴリルをうろたえさせるどころか、喜ばせた。彼が自分に何かを感じていると確信できたからだ。

アヴリルはイサームに近づいた。そのとたん、彼は傲然と顎を上げながらも後ずさりした。「君をそそのかすつもりではなかったんだ」

だが、アヴリルは躊躇《ちゅうちょ》しなかった。「私が欲しいの？」その言葉は露に濡れた花びらのように甘かった。

イサームは唾をのみこんだが、何も言わなかった。

「私が欲しいのね！」そう悟ると、動悸と体のうずきがほんのわずかだがやわらいだ。

「だが、その気持ちを行動に移すのは狂気の沙汰だ」イサームの声は威厳に満ちていた。

「そうかもしれない」アヴリルは息を吸いこんだ。「あなたの不安はわかるわ。私たちは立場が違いすぎる。でも、あなたは名誉を重んじる人だから、私につけ入ろうとはしないでしょう」これ以上抵抗できず、イサームの腕に手をかける。「ただ、もし私が誘ったら？　これが一瞬の狂気であり、一晩だけのことなのはわかっているわ。私たちだけの秘密よ」彼から欲望の震えが伝わってくるのを感じ、アヴリルは決意を新たにした。「たとえそのあと一緒に働けなくなったとしても、その価値はあるわ。あなたもそう思わない？」

アヴリルは本能的に、彼の言うこの狂気が自分に必要なものだとわかっていた。シーラを亡くして以来初めて世界が意味をなしていた。たとえその代償がアシスタントの仕事を辞めることであったとしても、かまわなかった。自分の技能があれば仕事は見つかるだろう。でも、イサームのような気持ちにさせてくれる人を、他にどこで見つけられる？

イサームの腕に触れただけで、人生をおおっていた影が消え去り、白黒の世界が再び鮮やかな色彩を取り戻した。

アヴリルは喜びと安らぎを求めていた。生きている誰かの温かい感触を。誰でもいいわけではない。その望みをかなえてくれるのはイサームだけだった。

2

「ああ、そう思う」イサームの言葉に、アヴリルは安堵《あんど》の表情を浮かべた。「だが、君とつき合うつもりはない。僕には重要な任務があるし、最高のアシスタントを失いたくはない」

最高のアシスタントという賛辞はうれしかったが、彼女の頭はもっと差し迫った問題でいっぱいだった。

アヴリルは二人の距離を詰めて爪先立ちになり、イサームの胸に手をすべらせた。熱い肌が興奮を呼び起こす。「わかったわ」彼女はそうつぶやき、イサームの頭を引き寄せた。

アヴリルの唇がイサームの唇に触れると、突然、彼がキスを返してきた。力強い腕が彼女を包みこみ、抱き寄せる。腹部に興奮の証《あかし》が押しつけられるのを感じ、体に火がついた。

しかし、イサームのキスはやさしくゆっくりとしていて、アヴリルの焦がれるような興奮とはまったく相反するものだった。

アヴリルは身を乗り出してキスに応えた。それでもイサームはまるで彼女の意思を確かめる必要があるかのようにゆっくりとしたキスを続けた。

こんなキスは初めてだった。クリスマスパーティでのぎこちないキスや、せっかちな男性たちとのデートを経験して、アヴリルは誰かとつき合おうという気になれなくなった。だが、イサームは彼女に、キスがどんなものか知らなかったと気づかせてくれた。アヴリルは両手でこの瞬間をつかみ、逃したものすべてを経験したくなった。

イサームが頭を上げ、熱を帯びた銀色の瞳で見つめるころには、脚に力が入らなくなっていた。彼女はイサームの肩にしがみついた。

イサームが何か言おうとしたが、アヴリルはそれをさえぎった。「私がこれを望んでいるのは確かよ。だったら、あなたの立場も私の立場も関係ない」仕事でさえもこれほど大切ではない。「あなたが必要なの、イサーム」

イサームは微動だにせず、声も発しなかった。やがてかぶりを振りながら、アヴリルには理解できるはずもないアラビア語で何かつぶやいた。そして次の瞬間、彼女はイサームに抱きあげられていた。

イサームが向きを変え、大股に部屋を横切ると、アヴリルの心拍数は急上昇した。

「アヴリル、君は僕の自制心を奪った。こんなことはすべきでないと自分自身に言い聞かせたが、どうしても君が欲しいんだ」

イサームの声は荒々しく、ほとんど聞き取れないほどだった。このたくましい男性が自分と同じくらい差し迫った渇望にとらわれてとまどっているとわかり、アヴリルの胸にやさしさがこみあげた。

イサームがドア口で立ちどまってアヴリルを見おろした。その目に宿る獰猛《どうもう》な炎は気遣いのようなものでやわらげられていて、彼女は畏敬の念に打たれた。

「だが、もし気が変わったら――」

「変わるわけないわ」アヴリルはてのひらで彼の口をおおった。話はしたくなかった。

イサームがてのひらにキスをし、中指の先まで舌を這《は》わせると、アヴリルは体を震わせてあえいだ。こんなエロチックな愛撫《あいぶ》は初めてだった。胸の先が硬くなり、体の奥が締めつけられる。

アヴリルは自分の反応にショックを受けながらも、もっと先に進みたくなった。今こんなふうに感じているのなら、二人がついに結ばれたときにはどんなにすばらしい感覚を味わえることか。

イサームもそう考えているだろうか？ 彼の目は熱く燃えているように見える。「あなたの服を取り去りたい。今すぐに」

イサームの目が見開かれるのを見て、アヴリルは喜びを感じた。だがそれ以上にうれしかったのは、彼がスイートルームを通り抜け、優雅に調えられた広い寝室に足を踏み入れたことだった。

床に下ろされたアヴリルはすぐにイサームのシャツのボタンに手を伸ばしたが、彼のほうがすばやかった。アヴリルがボタンをはずすまでに、彼女のブラウスは脱がされていた。

自分の経験の浅さを伝えておくべきだと思いつつ、アヴリルはイサームにわずかでも不安を与えたくなかった。それで何も言わずにズボンのファスナーに手を伸ばした。

やがて二人は生まれたままの姿でベッドの上にいた。体と体が触れ合う感覚は息をのむほどすばらしかった。アヴリルはぼんやりとイサームがサイドテーブルから避妊具を取り出すのに気づいた。

それからイサームはひざまずき、手と唇でアヴリルの体を徹底的に探った。アヴリルは背を弓なりにし、胸や脚の間への愛撫に敏感に反応した。その刺激は圧倒的だった。だが、すばらしい快感がおさまったとき、彼女のまつげには涙が光っていた。アヴリルはイサームの魅惑的な体を探求し、彼を自分の中に迎え入れる前にクライマックスに達してしまったのだ。

「アヴリル、大丈夫かい?」イサームがアヴリルの耳元で心配そうにささやき、彼女を引き寄せた。「どうしたんだ?」

アヴリルが目を開けると、イサームは気遣わしげな表情をしていた。「我慢できなかったの。信じられないくらいすばらしかったから」彼は情熱的でありながらやさしかった。「でも、最初はあなたと一緒にのぼりつめたかった」

イサームがいたずらっぽくにやりとすると、アヴリルの脚を広げ、その間に体をおさめた。すでに敏感になっていたアヴリルは、新たな快感に熱く反応した。イサームの体の重みとはっきりわかる興奮のしるし、胸をくすぐる胸毛。彼女は背中をそらし、胸をイサームに押しつけた。信じがたいほどすばらしい快感だった。彼の息が荒くなり、高まりが脈打つのがわかった。

「欲しいのかい?」彼の声がアヴリルの全身を期待で震わせた。

「わかっているでしょう」

アヴリルがイサームに触れようと手を伸ばすと、彼が手首をつかんで引き離した。「やめたほうがいい」

抗議している暇はなかった。イサームが動きだし、アヴリルの世界は二度と元には戻らなかったからだ。

手順はわかっていたが、アヴリルは唖然《あぜん》とせずにいられなかった。説明のつかない未知の感覚に体が満たされ、たじろぐような痛みはすぐに歓喜に取って代わられた。この瞬間をずっと待っていた気がした。そこには肉体と肉体が結合する原始的な実感と、それ以上の何かがあった。衝撃と安堵と誇らしさのようなものがからみ合っていた。

イサームは真剣な表情でアヴリルの体を新たな喜びに目覚めさせるためにゆっくりと動きながら、鋭いまなざしで彼女を見つめていた。すでに歓喜を味わっていたアヴリルは、同じをものをイサームと分かち合いたいと熱望し、彼に合わせて体を動かした。

アヴリルがイサームの腰に脚をからませると、彼はもう一方の脚も自分の腰に回させた。今のイサームには野性が感じられた。そしてアヴリルは、都会的な実業家から情熱的な一夜の恋人へ変身した彼を歓迎した。

イサームが歯を食いしばりながら腰を動かし、アヴリルを新たな高みへと導いた。そのあとはもう余裕などなかった。それまでイサームが保っていた自制心は激しい欲求の奔流に押し流された。二人はあえぎ、心臓を高鳴らせながら一緒に動いた。やがてアヴリルは再び快感が押し寄せてくるのを感じた。

イサームの名を呼ぼうと口を開いたが、その口を彼がふさいだ。二人の体は同時にクライマックスに達した。

まぶたの奥で光が炸裂《さくれつ》し、世界が制御不能になった。そこにはイサームだけがいた。彼はアヴリルを強く抱きしめながら、楽園へと導いていった。

しばらくしてようやく気力を取り戻すと、アヴリルはほほえみ、イサームの汗ばんだ肌に口づけした。

人生はすばらしい。最高にすばらしい。

ベッドから出ろ。今すぐに。

昨夜、誰も引かなかったカーテンの隙間から淡い朝の光が差しこんでいた。

イサームは朝早くザーダールへ発《た》たなければならなかった。ただ、その前にアヴリルを見送りたかった。

アヴリルはイサームに理性も自制心も捨てさせた。自慢の理性も自制心も渇望には勝てなかったのだ。そんなことは初めてだった。

それに、アヴリルがバージンだとは思いもしなかった。一つに結ばれる寸前、彼女の目が驚愕《きようがく》に見開かれ、やがて喜びに変わった瞬間を思い出し、イサームは身震いした。

もしバージンだと知っていたらアヴリルをベッドに連れていきはしなかっただろう。アシスタントと一夜をともにして自分のルールを破っただけでも十分悪いが、そのうえ相手の純潔を奪ったのだ……。

アヴリルが眠ったまま伸びをし、それから彼にぴったりと寄り添った。イサームは思わず彼女の柔らかい胸をてのひらで包みこんだ。

ベッドから出ろ。今すぐに。

アヴリルが目覚める前に。それまでに起きて服を着ていたほうが彼女に抵抗しやすいはずだ。

しかし、イサームは動く気になれなかった。なじみのない感情が胸の中に渦巻いていた。アヴリルの経験のなさを知ったときでさえ、僕は渇望を抑えることができなかった。激しすぎただろうか？クライマックスに達した彼女は愛らしく満足げな表情を浮かべたが、痛い思いをしなかっただろうか？

イサームが一夜の相手に対してこのような曖昧な感情を持つことはなかった。そもそも彼は自分の行動に疑問を持つのに慣れていなかった。

だが、アヴリルのような相手は初めてだろう？ベッドをともにする前から、アヴリルには他の女性とは違う何かがあった。

アヴリルが身じろぎし、さらに胸をイサームのてのひらに押しつけた。彼の下腹部はすでに熱くなっていた。

その心地よさにイサームは顎をこわばらせた。アヴリルのすべてが心地よかった。だから彼はさらにルールを破り、夜を明かしたのだった。

いつもなら、セックスのあとそのままベッドにとどまることはない。得られるのは快楽だけで、将来の約束ではないことを女性に理解させるのに役立つからだ。妻をめとることをザーダールの民が期待しているのはわかっているが、イサームはまだ伴侶と呼べる存在を持つ準備ができていなかった。

なのに、今回は女性と一夜を明かした。信じられないことにバージンだった自分のアシスタントと。

これまで誰もアヴリルをベッドに誘わなかったとは、イギリスの男はどうなっているのだろう？　そう思いながらも、彼女が他の男とベッドをともにするところを想像するとぞっとした。

イサームは頭を少し下げ、アヴリルの髪を撫《な》でた。昨夜は初めて彼女が髪を下ろしたところを見た。豊かな髪が胸をおおう姿は官能的だった。

彼は深く息を吸いこみ、蜂蜜を思わせるアヴリルの香りを吸いこんだ。

病みつきになるぞ。今すぐベッドから出ろ。

「起きていたのね」アヴリルのハスキーな声は愛撫のようで、イサームの下腹部を硬くした。「まあ」

彼女は狼狽《ろうばい》したのか？　それとも喜んだのか？

イサームはアヴリルの胸から手を離した。彼女が寝返りを打ち、探るような目でイサームを見つめた。

アヴリルの顔は紅潮し、片方の頬には枕の跡がついて、髪は乱れていた。その姿はあまりにも魅惑的で、イサームは彼女に触れないよう両手を拳に丸めた。

「もう一度体を重ねたくないの？」アヴリルが唇をとがらせた。

そんなしぐさをいつ覚えたのだろう？　仕事中の彼女はまじめそのものなのに。

「そうよね」アヴリルが真顔になった。「あなたが早く発てるように、私はもう帰らなくては――」

背中を向けてベッドから出ようとする彼女の肩をイサームはつかんだ。「待ってくれ」

今すぐベッドから出ろと自分に言い聞かせていたことはどうでもよかった。イサームはアヴリルが目を合わせようとしないのがいやだった。

「いいの、わかっているわ。こんなに長くいるつもりじゃなかったのよ」

自分の考えていたことをアヴリルが口にしたせいで、イサームはさらに気分が悪くなった。

だが、後悔する気になれなかった。

彼は穏やかに尋ねた。「なぜだい？」

アヴリルが唇をゆがめた。「あなたが一国の皇太子だから。そして私は……」言葉がとぎれた。「ごくふつうの女よ。ゆうべのことは間違いだったわ」

アヴリルは体を隠そうとしてシーツを引っぱったが、イサームはその上に横たわったまま動こうとしなかった。彼女はわかりきったことを言っただけなのに、それが気に入らなかった。ごくふつうの女という表現が気に障った。昨夜の出来事を間違いだと決めつけたことも。自分も間違いだと思っていたのに、アヴリルがそう言うのを聞くのは耐えがたかった。その理由は考えたくなかった。

「ゆうべのことは本当に間違いだったと思うのかい？」

アヴリルの表情が変わった。「いいえ、すばらしい出来事だったわ。でも、あなたにとってスタッフとベッドをともにすることが問題なのは理解できるの」

彼女が現実的であろうとしているのはわかっていたが、イサームはその言葉に顔を平手打ちされた気がした。

「だが、後悔はしていない」

イサームはアヴリルがその言葉をのみこむのを見守った。仕事中の彼女は完璧なアシスタントで、感情を表に出すことはなかった。しかし今、彼はアヴリルの気持ちが簡単に読み取れた。最初は拒絶されたことに傷つき、次に後悔し、いらだちを覚えたあと、今度は疑念を抱いている。

「後悔していないのなら、なぜ私から離れたの？　ゆうべ楽しんで、もう興味がなくなったの？」

興味がなくなったと思われているのは心外だった。イサームは今も下腹部がこわばっていることを伝えようとしたが、やめておいた。僕の頭の中で何が起こっているか、彼女にはわからない。

「以前マスコミが僕をカサノヴァ扱いしていたのは知っている。僕はそんな節操のない男ではないよ」それに、アヴリルをたった一度味わっただけで興味を失うことなどありえない。「一晩じゅうだって君を喜ばせたかった。だが、君には休息が必要だと思ったから、起こしたいのを我慢したんだ。とくに君の経験不足を考えるとね」

イサームは目を丸くしているアヴリルが何か言うのを待った。なぜ前もってバージンだと打ち明けなかったのか、その理由を説明してほしかった。

そんなに自制心に自信があるのか？　たとえ彼女がバージンだと知っていたとしても、おまえは我慢できなかったんじゃないのか？

「あなたはあのあとも私を求めていたの……？」

「ああ」アヴリルの目が喜びに輝くのを見て、イサームは続けなければと思った。「君の言うとおり、僕たちは複雑な状況を作り出してしまったが――」

「あなたは私を求めていた」アヴリルがかすれた声で繰り返した。そして、昨夜イサームが魅了されたほほえみを浮かべた。彼は反応せずにはいられなかった。

慎重であるべきにもかかわらず、また皇太子としての責務を何よりも優先させることを学んできたにもかかわらず、イサームは突然自分を縛るものから解放された。彼は今、魅力的な女性に引きつけられているただの男にすぎなかった。

「ああ、今も欲しい」イサームは言った。

「うれしいわ」

アヴリルの甘いほほえみ、輝く瞳がイサームのすべてだった。王室典範や義務やこのベッドの外の世界のことはすべてかすんで実体のないものになった。

イサームは指の関節でアヴリルの頬を撫でながら、誘うように揺れる胸のふくらみを見つめた。そしてゆっくりと彼女を引き寄せた。切羽詰まってはいたものの、急ぐにはあまりに重要なことだったから。

3

一年後

「こちらです、ミズ・ロジャーズ」

洗練されたスーツに身を包んだ背の高い男性がホテルのエレベーターのほうを身ぶりで示した。顔に浮かべた笑みはおざなりで、目は笑っていない。彼はアシスタントではなくボディガードなのだろうか。

男性の視線にアヴリルは身震いし、ぴったりしたジャケットの前をかき合わせた。皇太子との面談の前に身体検査をされるの？

そんなことは考えたくなかった。でも、必要なら乗りきらなければならない。イサームと向き合うチャンスなのだから。

気持ちが千々に乱れ、胃がきりきりと痛む。こんな日が来るとは思ってもみなかった。一年もの間、完全に沈黙を守っていたイサームが会いたいと言ってきたのだ。

アヴリルは拒否するつもりだった。

そのメッセージはイサーム本人からではなく、アヴリルの知らないスタッフから非公式に届いた。彼女は驚き、怒りと不信感に襲われた。喜びなどなかった。そんなものはとっくにあきらめていた。

イサームとの再会をどうして喜べるだろう？　あの夜感じた歓喜は心が勝手に美化しているだけなのだと、アヴリルは自分を納得させようとしていた。イサームは初体験の相手であり、少なくともしばらくの間は彼を特別な存在だと思っていたのだから。

思わず口から苦い笑いがもれた。ロンドンを発《た》って間もなく、イサームは父の死によって、王の後継者からザーダールの王となった。

でも、彼は私にひどい仕打ちをした。あんなことをされたら、尊敬なんてできない。

「大丈夫ですか、ミズ・ロジャーズ？」

アヴリルの視線は、ボディガードとしか思えない男性に向けられた。イサームは王になったことで警備がより厳重になったのだろう。

「ええ、大丈夫です。ありがとう」

エレベーターのベルが鳴り、ドアが開くと、スイートルームの入口が現れた。

あの夜から一年がたつが、アヴリルがここに来ることはなかった。イサームは統治を始めてからはザーダールにとどまりつづけ、一度もロンドンを訪れなかった。

私のせい？

そうではない。私が知っていると思っていた人物が実在しないのは明らかだ。私は幻に恋していたのだろう。イサームに外見の魅力に見合った人格を当てはめていたけれど、今はもう彼の本当の姿を知っている。立派でもないし、魅力的でもない。恋い焦がれる価値なんてない。

アヴリルは錆《さび》色のスカートを撫《な》でつけた。新品ではない。この日のために服を新調するようなまねはしたくなかった。だが、以前ほどフィットしていなくても、このスカートはお気に入りだった。

ボディガードが中に案内し、会議室のドアを開けた。アブリルが部屋に足を踏み入れると、背後でドアが閉まった。会議テーブルの向こう側にはスーツを着た三人の男性が座っていたが、真ん中の長身の男性にしか目が行かなかった。

澄んだ瞳を見た瞬間、アヴリルの心臓は激しく打ちだし、電流のような衝撃が体に走った。この再会に備えていたにもかかわらず、額やてのひらが汗ばみ、彼女は手を握りしめた。

イサームにまっすぐに見つめ返され、冬の朝を思わせるグレーの瞳に焦点を合わせると、視界がぼやけた。なんの感情もうかがわせない彼の目に、歓迎するような気配はほんのわずかさえもない。

アヴリルはイサームにこれ以上傷つけられまいと自分に誓っていたが、その視線は、彼女が長い時間をかけて築きあげた心の鎧《よろい》に突き刺さった。

「ミズ・ロジャーズ？」アヴリルが首を回すと、すぐ横に男性が立っていた。さっきまでイサームの横に座っていた人物だ。「どうぞ、お座りください」

「ありがとうございます」アヴリルが腰を下ろし、バッグを床に置くと、男性が自己紹介をしたが、名前は頭に入らなかった。自分がどれほどショックを受けているかを見せないようにするのに必死だった。

「陛下のことはご存じですね？」男性が尋ねた。

遅ればせながら、アヴリルはザーダールの国王に対するお辞儀を忘れていたのに気づいた。

アヴリルはうなずいた。「はい、お会いしたことがあります」

気のせいか、部屋に緊張に似たものが走るのを感じた。いや、違う。アヴリルの言葉に全員が警戒態勢をとったかのようだった。

おそらく気のせいだろう。アヴリルは落ち着こうとした。革張りの椅子の肘掛けを握りしめながらゆっくりと息を吐くと、冷静さが戻ってきた。

面接か何かのように彼らはアヴリルの向かい側に座っていた。こちらを威圧しようというのだろうか。

アヴリルの視線は真向かいのイサームに戻った。スタッフが何かつぶやくと、彼はそちらに目を向けた。その隙にアヴリルはイサームの顔を観察し、その変化に唖然《あぜん》とした。高い頬骨は変わらなかった。だが、口元には深いしわが刻まれていた。目尻にしわがあるのは、喜びよりも苦しみのせいだろう。そして傷跡。網目状の傷跡がこめかみから髪の生え際まで伸びている。

怒りが動揺に変わった。イサームがザーダールに戻ってすぐヘリコプターの墜落事故が起き、父親が命を落として、彼は負傷した。その証拠を目の当たりにして、アヴリルは痛ましさに唇を噛《か》みしめた。

事故が起きたときは心配でたまらなかった。ザーダールのマスコミはイサームの容態についてほとんど報道しなかった。王室の公式発表はどれも要領を得なかった。しかし、最終的にはよいニュースがもたらされた。新国王は退院し、療養しているということだった。やがて負傷から回復すると、イサームは国を率いはじめた。アヴリルも執務に励む彼の写真を何度か目にした。

そのときふいにイサームがこちらを向いた。彼の視線はアヴリルを探り、分析するかのようで、彼女が苦労して手に入れた心の平安を打ち砕きかねなかった。

彼は私に何を求めているの？

「今日はお越しいただき、ありがとうございます、ミズ・ロジャーズ」スタッフが言った。「陛下はイギリスにおけるビジネスを見直されていて、それでこの面談を設定したのです」

あなたはイサームがあの夜の続きをしてくれるとでも思ったの？　私が元気かどうか気にしてくれているとでも？　アヴリルは唇を引き結び、肩をいからせた。彼と再会したら言うべきことがあったはずよ。

どうすればイサームと二人きりになれるか、アヴリルはまだ考えていた。どうしても言わなければならないことがある。赤の他人の耳には入れたくないことが。

深く息をつくと、アヴリルは顎を上げた。「何をお知りになりたいのでしょうか？」

すると、またもやイサームの隣にいた男性が口を開いた。「まずはあなたの役割についてです」

「私はイギリスにおける陛下のアシスタントです」

「陛下はここしばらくあなたになんの指示も出しておられない。それでもあなたは給料を受け取りつづけている」今度はイサームの反対側の隣にいる眼鏡をかけた男性が口を開いた。アヴリルが何か悪いこと――雇い主がイギリスでのビジネスに興味を失い、連絡を絶ったからといって、自分の責任を果たす代わりに王室から盗みを働いたと言わんばかりだ。

アヴリルは憤りを覚えた。私のせいじゃないわ！

「それは私ではなく、陛下におききになるべきことです」彼女はイサームをにらみつけた。「前回のご訪問以来、私は陛下のビジネスについて定期的に報告を行ってきました」イサームから直接連絡がないため、何を期待されているのかわからないまま、務めを果たそうとしてきたのだ。「私が差しあげたEメールをお読みになればわかるはずです」それと同時に連絡が欲しいとイサームに必死に訴えた。しかし、返事はいっさいなかった。アヴリルは震える息を吸いこむと、背筋を伸ばして肩をいからせた。

それでもイサームは何も言わなかった。だが、アヴリルは彼の表情から見かけほど冷静ではないことを感じ取った。よかった！　私の電話やメールを完全に無視したことが気まずいのだろう。きっと、私が宮殿にかけた電話は自分に回さないようスタッフに通達していたに違いない。

「おっしゃるとおり、一連のメールを送ったようですね」最初の男性がノートに視線を落として言った。目を上げたとき、顔には笑みが浮かんでいたが、何かを隠しているとアヴリルは本能的に察した。「それを送ったメールアドレスは？　申し訳ありませんが、この面談の前に関連の報告書をコピーする時間がなかったので」

アヴリルは顔をしかめてイサームを見たが、彼はもう一人の男性とひそひそ話していた。奇妙極まりない。なぜイサームのスタッフはメールについてそんなに気にするのだろう？

アヴリルはメールアドレスを伝え、それがノートに書きこまれるのを見守った。「とくにごらんになりたいものがあれば、今すぐお見せできます」そう言うと、バッグからノートパソコンを取り出してテーブルの上に置いた。三組の目がパソコンにそそがれた。

「あなたの仕事道具ですか？」眼鏡をかけているほうの男性が尋ねた。アヴリルがうなずくと、彼は続けた。「すばらしい。最新の報告書を呼び出してもらえると助かります」

アヴリルは要求されたとおりにした。しかし、彼は報告書について質問する代わりにテーブルを回り、感謝の言葉を口にしながらノートパソコンを自分の席に持っていった。

説明を求めてアヴリルはイサームを見た。彼はもう私を信用していないのだろうか？　頭痛でもするのか、イサームは長い指でこめかみをもんでいる。視線が合ったとき、彼の目には後悔に似たものが浮かんでいた。

いや、違う！　後悔を知っている者がいるとしたら、それは私だ。

最初の男性がアヴリルの考え事をさえぎった。

「では、ミズ・ロジャーズ、あなたの職歴や技能について教えていただけますか？」

「なんですって？」

「あなたがなぜアシスタントの職に応募したのか、そしてあなたが何をしたのかを知る必要があるのです」

不吉な予感が背筋を這いおり、憤りがわきあがった。この人たちは私をくびにするつもりなの？

それならそれでかまわない。私はもうイサーム・イブン・ラファトの下で働きたくない。ここに呼び出されたとき、彼と話ができるかもしれないというひそかな望みを抱くより、さっさと辞めるべきだったのだ。ただ、自分の仕事ぶりが期待以下だったせいだとは思われたくない。

アヴリルはかつて尊敬していた男性に目を向けた。

「イサーム」礼儀なんて守っていられない。「どういうことなのか、説明してくれる？」

王にファーストネームで呼びかけたことにイサームのスタッフたちが唖然とするのがわかった。ザーダールでは不敬罪に当たるのかもしれない。眼鏡をかけた男性があんぐりと口を開け、もう一人が目を見開いてイサームを見た。

アヴリルの雇い主、そして一夜の恋人が返答するまでには時間がかかった。彼女には一秒一秒が新たな裏切りのように感じられた。

「君は私のために働いてくれているのだから、これは不必要な面談かもしれないが、私はイギリスでのビジネスの利益を他の投資に回そうと考えている。つまり、現在のやり方を詳細に見直すということだ」

アヴリルがイサームの声を聞くのは一年ぶりだった。深みがあり、なめらかで、かすかにハスキーなその声は彼女の聴覚を刺激し、熱い反応を引き起こした。アヴリルは椅子の肘掛けを握りしめ、腿をぴったりと合わせた。

イサームにあんな扱いを受けたのに、どうしてこの体は裏切るの？　彼は私を利用し、そのあと無視したのよ。

「王位につく前は個人的にイギリスのビジネスを運営していた」イサームが再び話しだした。「だが、今は王として、すべてを国の管理下に置く必要がある」そこまで言って軽く肩をすくめた。相手を安心させるしぐさのはずが、その動きは硬かった。墜落事故の後遺症だろうか？　いや、彼には世界最高の専門医がついているはずだ。私は自分の立場がどうなるのかに集中しなければ。

イサームとの関係を断ち切ることが最善だとアヴリルは自分に言い聞かせていたが、一緒に働くのは気まずいからという理由でくびにされるのは納得がいかなかった。

「それで合理的に考えて、私をくびにしようとしているの？」

ようやくイサームが反応らしい反応を見せた。彼はアヴリルのほうに身を乗り出すと、額にしわを寄せた。「そんなつもりはない。これは単なる情報収集だ」

イサームは真剣そのもので、アヴリルはあやうく信じそうになった。彼が一年前、二週間後に戻ると約束して自分のもとを去ったことを思い出すまでは。

イサームが負傷し、父親が命を落としたヘリコプターの墜落事故は国際的なニュースになった。だからアヴリルは彼の回復を願い、心配し、祈りながらひたすら待った。

だが、何もなかった。電話も、メールも、伝言も。アヴリルの電話を受けた宮殿のスタッフは慇懃《いんぎん》無礼に陛下は電話に出られないと告げた。

「おそらく、あなたの以前の仕事が現在の仕事にどのように役立っているかということから始めるのがいいでしょう」

眼鏡の男性――ラシドの発言を聞き、アヴリルはしぶしぶ彼に向き直った。「必要ならもう一度履歴書を提出します。ベルトルド・ケラーのアシスタントになるまで、いろいろな職を経験しましたので」

ラシドが目を見開いた。「あの不動産王の?」

「そうです」

「あなたはまだ二十代半ばでしょう」

「彼女は数カ月前に二十七歳になった。私の前の雇い主は年功序列よりも能力を評価していたようだ」

イサームが口をはさんだ。

アヴリルはイサームがまだ何か言うのではないかと横目で見たが、彼はそれきり口を閉ざした。「私はこういう仕事が得意なんです」

シーラはよくアヴリルが若いわりにしっかりしていると言っていた。整理整頓ができ、勤勉で、細部にまで目が行き届くと。それは大伯母から学んだ資質であり、経済的に自立するために身につけた技能でもあった。

「では、なぜ辞めたのです?」

「ミスター・ケラーのもとで働くと出張が多く、刺激的でしたが、そのうちにずっとロンドンにいたいと思うようになりました。私を陛下に推薦してくれたのはミスター・ケラーです」

ラシドの無言の問いかけに、イサームがうなずいた。「彼は友人だ。彼の判断は信用できる」そしていきなり立ちあがった。

それでもまだアヴリルは二人きりで話そうと言われるのを待っていた。

「すまないが……」イサームが三人を見まわした。「仕事がある。私がいなくてもかまわないな？」

イサームと目が合ったのはほんの数秒のことだった。彼のまなざしは鋭く、稲妻並みに強烈だった。

しかし驚いたことに、そのあとイサームは一瞥《いちべつ》もくれずに出ていった。まるでもうアヴリルにはなんの関心もないかのように。

4

イサームはスイートルームの中を大股に進んだ。自制心が危うくなりかけている。そしてついに、聖域である私室にたどり着いた。

頭がずきずきと痛み、自分に欠けているものを思い出させた。信頼できる少数のスタッフ以外には隠している弱点を。

しかし、鎮痛剤に手を伸ばすことはしなかった。代わりに安楽椅子に腰を下ろし、背もたれに頭を預けて目をきつく閉じた。自己憐憫《れんびん》は許されない。それに、何を哀れむというのだ？　怪我《けが》をしたとはいえ、僕は生きている。一方、父は……。

イサームは今でもときどき、耐えがたいほどの喪失感に襲われることがあった。アヴリル・ロジャーズという問題に集中するほうがはるかに楽だった。

イサームのまぶたの裏に浮かぶ曖昧な模様は、やがて一人の女性の姿になった。茶色の髪を頭の後ろできつくまとめ、堅苦しいスーツを着ている女性の姿に。

しかし彼は、ジャケットに包まれた豊かな胸や、クリーム色の薔薇《ばら》の花びらを思わせる柔らかそうな肌、部屋を横切るときの女らしい腰の揺れに気づいていた。温かい金色の輝きを帯びた茶色の瞳は、冷えこむ砂漠の夜のたき火を思わせた。

ふいにかつての彼女の姿が断片的によみがえり、イサームの脈拍ははねあがった。首から肩にかけての曲線や興奮したときの濃密な香り、硬くとがったピンクの胸の先を思い出すと、口が乾いた。

イサームはぱっと目を開けた。これほど僕を欲望に駆りたてる女性がかつていただろうか。

イサームは解決すべき問題があってロンドンへやってきた。自分の任務に全力をそそぐ前に、片づけておきたかったのだ。この一年は苦難の連続だった。ザーダールの民は先王の死を悼み、イサームに安定を求めた。自身も喪失感にさいなまれる彼にとっては人生で最も困難な一年だった。

自分の務めや国家の憂いを脇に置いてロンドンへ行きたいという思いがあったが、イサームは国民を第一に考え、一年間ザーダールにとどまった。

だが、おまえは今ここにいる。次はどうする？

アヴリル・ロジャーズを一目見ただけで、これは簡単にはいかないとわかった。彼女は一年も放っておかれたのだ。早急に状況を正す必要がある。

しかし、イサームは事務的な会話に集中することができなかった。アヴリルの官能的な刺激で頭が働かなかった。

事故のあとしばらくは、意識混濁《ブレインフォグ》と呼ばれる後遺症で集中力が妨げられていた。心配ないと言われたものの、自分の能力に誇りを持っていた彼にとって、それは骨折や打撲や裂傷よりもはるかに悪い症状だった。しかも今はアヴリルが集中力を思った以上におびやかしていた。

スタッフたちにはどうにもできない。僕が自分でなんとかしなければ。

その夜、ドアベルが鳴り、アヴリルは天を仰いだ。今日という日はいつ終わるのかしら？

大事なことを伝えるつもりでイサームの宿泊するホテルに行ったのに、あの臆病者は私をスタッフにゆだねて立ち去った。

数時間前に帰宅してから、アヴリルは忙しく過ごした。靴は脱いだが着替える暇はなく、目を開けていられたら、あとでお風呂にゆっくりつかろうと心に決めた。もっとも、今日の面談に憤りを感じていたから、今夜はすぐには眠れないだろうと思った。

アヴリルはあくびをこらえて玄関のドアに向かった。ドアベルを鳴らしたのはきっと……。彼女はドアを引き開けながらほほえんだ。「ガス、うれしいわ――」

しかし、ドアの向こうにいたのはふっくらした隣人のガスことオーガスタではなく、いかにも男らしいがっしりした体格の男性だった。アヴリルはとっさに重いドアを押していた。この男性を家に入れたら大惨事になると、本能が警告したのだ。

ドアが途中で止まった。アヴリルはさらに押したが、ドアは動かなかった。下を見ると、ドアの隙間に光沢のある大きな靴がはさまっていた。彼女はイサームの足に痣《あざ》ができていればいいのにと思った。

「あなたに入ってほしくないの」

ドアの向こうから深みのある声が聞こえた。「僕たちの会話をご近所さんに楽しんでもらいたいのか少し間を置いてアヴリルはうなずいた。「そうね。でも明日にして」それに私の自宅以外の場所にして。

「何時に――」

「明日ではない。今だ」アヴリルが眉を上げてみせると、イサームは続けた。「ロンドンにいられる日数は限られている。個人的な話をするなら今しかない」

「王なら自分でスケジュールを決められるはずよ」

君に何がわかるのかとでも言いたげに、イサームがゆっくりと首を振った。

確かにそのとおりだ。私は王室について何を知っているのだろう？

アヴリルはずっとイサームに会いたかった。会いたくてたまらなかった。その彼がここにいるのに、悪夢のようにしか思えない。かつて望んでいた状況とはまるで違う。イサームを軽蔑しようという決意さえも、彼がそばにいるせいで崩れ去った。


い？」

ご近所さんはあなたと違ってすてきな人たちだと言おうとして、アヴリルは思い直した。

「それとも、ホテルの僕の部屋で話そうか？　会議テーブルについて、ラシドにメモを取ってもらいながら」

アヴリルは壁に当たってはね返りそうなほど強くドアを引いた。「脅そうとしても無駄よ。確かにあなたは権力者だけど、人生にはもっと大切なことがあるの」彼女は両手を腰に当て、軽蔑をこめてイサームをにらみつけた。「常識よ」

先ほど自分を事実上追い払っておいて自宅まで押しかけてきた彼の厚かましさに憤慨するあまり、アヴリルは息をするのもやっとだった。

「二人で話をしなければ」イサームの声の何かが彼女の憤りを静めた。さっきまでの尊大な口調ではなく、緊張を帯びている。「君もわかっているはずだ」

「アヴリル？」イサームのほうを見たとたん、アヴリルは目をそらせなくなった。彼が不安そうに見えるのはなぜだろう？「中に入れてくれ」

しぶしぶアヴリルが脇に寄ると、イサームがすぐ横を通り過ぎた。あまりの距離の近さに肌がほてり、一瞬絶望に駆られて目を閉じた。彼は私にひどい仕打ちをしたのに、体はそのことをわかっていない。でも、今夜が過ぎれば、おそらくもう会うことはないだろう。いずれにせよ、今後イサームのために働くことはないはずだ。

「左へ」

イサームのあとから居間に入ると、彼は古めかしい家具に囲まれて立っていた。本が詰めこまれた書棚と壁には何枚もの写真が飾られている。自分と大伯母の人生をのぞき見られているようで、アヴリルは前に進み出て彼の視界をさえぎった。

「どうぞ座って」座ってくれたほうが威圧感が少しでも薄まって私の気が楽になるから。

だが、イサームの威圧感は長身のせいばかりではなかった。彼はいつもエネルギッシュでカリスマ性に満ちていた。

ほっとしたことに、イサームが肘掛け椅子に腰を下ろし、一年前にあの会議テーブルについていたときと同じくくつろいだようすを見せた。あるいは裸でベッドに横たわっていたときと同じく。

自分の考えに愕然《がくぜん》としながらも、アヴリルはイサームの向かいの椅子に腰を下ろした。飲み物は出さなかった。ここは社交の場ではない。シーラがもういないのはいいことだ。大伯母は礼儀にうるさかったから。

「なぜここに？」

「当然だろう。僕たちのことを話さなくては」

「私たちのことなんて何もないわ！　私の電話やメッセージを無視しておいて、今さら何を言うの？」

イサームの顔を何かの感情がよぎったが、アヴリルはそれが何か突きとめられなかった。

「君は僕に連絡しようとした」

イサームの口調にはアヴリルを一瞬ためらわせる何かがあった。だが、彼女は弱気になるつもりはなかった。「ええ、少なくとも最初のうちはね。あなたがどれほどひどい怪我をしたのかわからなくて心配だったの」

イサームが視線を上げ、アヴリルと目を合わせた。

「見てのとおり、僕は元気だ」

彼が元気には見えないことにはたと気づき、アヴリルは内臓がねじれそうなほどショックを受けた。頬がこけ、顔の陰影が濃くなっている。会議室では自分の感情にとらわれすぎて気づかなかったのだ。

「お父さまのことはお気の毒だったわ」

アヴリルは悲しみがどんなものか知っていた。ただ、少なくともシーラはかなり高齢だったし、肉体の衰えは徐々に進行したので、心の準備をする時間があった。愛する人を突然亡くすのは恐ろしいことに違いない。

「ありがとう」イサームがうなずいた。「父は立派な人物だった。亡くなったのが本当に残念だ」

しばらくの間、二人は見つめ合い、アヴリルは気持ちが通じ合うのを感じた。

だめよ！　空想にひたらないで。彼は理想の人じゃない。

「あなたに何度もメールを送ったわ。携帯電話にもかけたけど、つながらなかった。退院して執務に復帰したあとも連絡がなかったから、私はザーダールの大使館と宮殿に電話をかけて、伝言を頼んだの」

あの数カ月の記憶とともに憤りと傷心がよみがえった。アヴリルはイサームと一夜をともにしても、約束など期待していなかった。現実離れした夢見るロマンチストではなかったからだ。だが、彼はもう一度会いたいとはっきり言った。アヴリルを大切な存在のように扱った。

だまされていたのよ。

「だが、僕は君に連絡しなかった」イサームが肘を肘掛けについて額に手を当てた。「すまない、アヴリル。僕は――」そこで顔を上げ、眉根を寄せた。

「あれはなんだい？」

遠雷のような低くぼんやりした音が聞こえた。経験上、自分が行かなければ静まらないことはわかっていた。そこでアヴリルはさっと立ちあがった。

「ごめんなさい。ちょっと見てこなくちゃ。長くはかからないから、ここで待っていて」

急いで部屋から出ようとしたとき、靴をはいておらず、髪が乱れているのに気づいた。あわてず、涼しい顔でイサームに会えたらよかったのに。でも、今の心配の種は身だしなみじゃない。アヴリルの心臓は激しく打っていた。

つまずきそうになりながらアヴリルは階段をのぼった。何カ月もイサームに連絡しようとして不可能だとわかったとき、彼がこのことを知る必要はないと判断したのだ。

これは私の問題であって、彼の問題じゃない。あっさり私を捨て、電話一本よこさなかった彼のやり方を考えれば、私の大切なものについて知らせる必要なんてないはずよ。

階段の上に着くと声がいちだんと大きくなり、アヴリルは一番手前の部屋に飛びこんでドアを閉めた。

数分後、両手がふさがっていた彼女は、ドアが開く音に振り向いた。

そこには、仕立てのいいスーツを着てしゃれたシルクのネクタイを締めたイサームが立っていた。この小さな家にいるのはいかにも場違いだ。

イサームの目が丸くなった。彼はすばやく部屋を見まわし、それからアヴリルの腕の中に視線を戻した。「赤ん坊がいるのか?」

アヴリルは向き直って娘のマリアムを抱く腕に力をこめ、眠りに戻るようやさしくあやした。「見ればわかるでしょう?」

イサームは驚いているというより呆然《ぼうぜん》としているように見えた。「君の子か?」

この瞬間についてアヴリルは長い間考え、さまざまなシナリオを思い描いていた。しかし、いざとなると言葉が出てこなかった。気持ちがまだ定まらない。自分の娘が輝かしい祝福なのか、それとも、どんなに努力しても失敗してしまう試練なのか、よくわからなかった。

アヴリルはぎこちなくうなずき、腕の中の赤ん坊を持ちあげて背中を撫《な》でた。だが、マリアムはおとなしくならず、泣き声はいっそう大きくなり、アヴリルのうなじに汗がにじんだ。生後四カ月になる娘のことは心から愛しているが、母親としての経験不足を痛感していた。

これまで幼い子供が身近にいたことはなかった。自身は年配の女性に育てられ、弟や妹も年下のいとこもいなかった。この愛らしいけれど手のかかる赤ん坊を連れて病院から帰ってくるまで、子守りをしたこともなかった。

隣人のガスは有益な情報と実用的な助けを惜しみなく与えてくれた。夕方に手作りの温かい料理を持ってきてくれて、アヴリルが食事をしている間、マリアムの面倒を見てくれることもある。母親が食事をしたり風呂に入ったりするときになると、マリアムは決まって起きて泣きだすのだ。

アヴリルが再び振り向くと、イサームが部屋に入ってきていた。「もう帰って。明日会いましょう。私のために時間を作ってちょうだい」

だが、イサームは聞いていないようすで、赤ん坊を凝視している。アヴリルははっとした。彼はマリアムのミンクを思わせる褐色の髪に気づいたのだろうか？　それともグレーの瞳に？　反射的に腕を締めつけると、マリアムが泣き叫んだ。

「歯が生えかけているのか？」

アヴリルは顔をしかめた。「赤ちゃんに詳しいの？」

イサームが肩をすくめた。「少しは」

アヴリルはマリアムを軽く揺らしたが、娘は泣きやまなかった。イサームは顔をしかめている。赤ん坊をなだめることができない私を責めているのだろうか？

「歯が生えかけているせいじゃないと思うわ。それに、おなかがすいているわけでもない。ついさっき授乳したし、おむつも替えたばかりよ」

グレーの瞳がアヴリルを見つめ、一瞬、二人の気持ちが通じ合った気がした。「ただ相手をしてほしいだけではないかな」

マリアムはいつも自分と一緒にいるとアヴリルは言いたかった。今日、初めて娘と離れたが、そのことで面談がますますストレスになった。ガスは留守の間ずっとマリアムはいい子にしていたと言ったが、母親と一緒ならもっと上機嫌だったに違いない。

「君は疲れているようだ」イサームが言った。「座ったらどうだい？　僕がその子を抱っこしよう」

アヴリルは心底驚いたが、イサームの表情は真剣で、口調はやさしかった。

いや、やさしすぎた。同情なんて示されないほうが自己嫌悪に陥らずにすむのに。

イサームが唇の片端を上げ、いたずらっぽい笑みを浮かべた。「赤ん坊を抱くのは久しぶりだ」

彼は自分の娘と知って抱きたいのだろうか？　それともただの親切心から？

もちろん親切心からよ。でも、どうして？

「どれくらいぶりなの？」

イサームの笑顔がこわばった。「妹は僕より十一歳下だった」

そうだった。イサームに妹がいたことは、アシスタントの仕事につく前に調べて知ってはいたが、あまり気にしていなかった。今、イサームの表情が陰るのを見て、妹を亡くしたことが彼にとってどれほど大きな意味を持つのか気づかなかったのを恥じた。

思いもよらない感情に駆られ、アヴリルはイサームに娘を渡した。彼の自信に満ちた抱き方と、マリアムが見知らぬ男性をじっと見あげる姿を目にしたとたん、アヴリルは安堵《あんど》に似たものを感じ、授乳用に置いてあるロッキングチェアに腰を下ろした。

マリアムが顔をしかめると、イサームは首をかしげ、赤ん坊に全神経を集中させた。二人がこんなに近くにいるのが不思議に思えた。

小さな娘と、その娘を広い胸に抱くたくましい男性。アヴリルは妙な気分になった。


マリアムが小さな手を振ると、イサームは自分の指を差し出した。アヴリルは下腹部で何かが熱く溶けていくような感覚に襲われた。その感覚に気を取られていたせいで、娘がもう泣いていないのに気づくのが遅れた。イサームはアヴリルには理解できない言葉で歌を口ずさんでいる。バリトンの響きがこわばった筋肉をほぐし、緊張をやわらげた。

アヴリルの理性は、立ちあがって自分で娘の面倒を見ろと命じていた。だが、彼女は疲れきっていた。数分くらいなら静かに座っていてもいいのでは？　イサームのどのくらい座っていたのかわからない。イサームの子守り歌はアヴリルにも効いた。彼女は久しぶりにリラックスしていた。

イサームが赤ん坊をベビーベッドに寝かせても、アヴリルは何も言わなかった。マリアムの長いまつげが柔らかな頬をかすめ、薔薇の蕾《つぼみ》みたいな唇がかすかに開いている。まるで天使だ。母としての喜びがこみあげ、アブリルはまばたきをした。

二人とも階下に下りるまで口をきかなかった。

「いったいどうやったの？」二人で居間に入るなり、アヴリルは尋ねた。彼女自身、数えきれないほど何度も娘を抱きながら子守り歌を歌ったものだ。

イサームが肩をすくめた。「たぶん、聞き慣れない子守り歌だったのがよかったんだろう」

アヴリルはそんな単純な話ではない気がした。いつもどおりにしていたつもりだが、マリアムは母親のストレスに気づいていたのかもしれない。

「あの子の名前は？」

アヴリルは警戒して唇をすぼめた。でも、娘を寝かしつけてくれたことを思えば、借りを返さなければ。「マリアムよ」

イサームの体が硬直し、目が細くなった。「アラビア語の名前だ」

「そうなの？」知っているくせに。でも、他の言語でも使われている名前だと言えばいい。

「知らなかったのか？」イサームが言葉を切り、探るような目でアヴリルを見つめた。

無事切り抜けられるだろうか？　以前はマリアムのことをイサームに打ち明けるつもりだったが、今は慎重になったほうがいいという気がした。娘のためにも、自分のためにも。

でも、子供部屋で娘を抱く彼を見たら……。

「アヴリル、返事を待っているんだが」

アヴリルは自分の体に腕を回した。「知っていたわ。調べてみたから。英語とアラビア語の両方で通用する名前をつけたかったの」

イサームは無言だったが、こちらを見つめる瞳が鋭く光っていた。

アヴリルは深呼吸をした。「あの子はあなたの娘よ」

イサームは微動だにしなかった。彼が生きているのを証明するのは、鼻孔がふくらんでいるのと、こめかみの脈が激しく打っていることだけだった。

「僕の娘？　僕たちの娘だって？」

「あなたがロンドンを発《た》ってから三十九週間後に生まれたの」でも、彼はさっき子供部屋で日にちを計算していたはずだ。「私たちの子よ。あなたがザーダールに帰国する前夜に授かったの」

イサームは赤ん坊の扱いはうまいかもしれないが、父親であることを受け入れるのはむずかしいようだ。

彼はかぶりを振り、踵《きびす》を返して窓際に向かった。

イサームに時間をあげなさい。妊娠の事実を受けとめるのに、あなたも時間がかかったじゃないの。

数分後、イサームがアヴリルの前に戻ってきた。しかし、その表情に高揚感はなく、彼女の中に不穏な小波《さざなみ》を引き起こした。「親子鑑定を手配する。明日ここに人をよこそう」

アヴリルはショックでのけぞりそうになった。

「私の言うことを信じないの？　私が嘘《うそ》をついているとでも？」

「僕がどう考えようと関係ない。僕は王だ。他の人々を納得させなくてはならない。そのためには反論の余地のない証拠が必要だ」

最愛の娘が人ではなく物であるかのような言い方だ。アヴリルは傲慢なイサームの顔を引っぱたきたい衝動をかろうじてこらえると、自分に回していた腕をほどいて腰に手を当てた。怒りとアドレナリンが奔流となって血管を駆けめぐっている。

「あなたが王であろうと、私にはどうでもいい。私はあなたに何も望まない」目から怒りが読み取れるようイサームに近づく。「私の家から出ていって。もう二度と会いたくないわ」

5

結局、アヴリルは翌日に親子鑑定を受けることに同意した。争うより簡単だったからだ。

イサームが自分を信じようとしないのに怒り、傷つきながらも、ひるむことはなかった。マリアムは彼の子だ。

だが、その朝やってきた銀髪の女性がアヴリルの心をなごませた。今まで見たこともないやさしい笑顔の持ち主で、料理や掃除、買い物、赤ん坊の世話など、アヴリルが必要とするあらゆる援助を提供するために斡旋《あっせん》業者を通して雇われたのだと言った。

アヴリルは初め、一人では子育てできないとイサームに決めつけられたのが不満で、その女性を追い返そうとした。すると彼女は、最近退職して退屈していたところ、自分の技能を生かすチャンスが舞いこみ、飛びついたのだと打ち明けた。

いつの間にかアヴリルの手には推薦状の束と履歴書があった。ベサニーの履歴書には幼児教育家だったことが記されていた。アヴリルは何本か電話をかけ、ベサニーの身元を確かめた。

電話を終えたところへベサニーがマグカップに入れた紅茶と、持参した手作りのフルーツケーキを一切れ持ってきた。その豊かな風味はシーラの自家製ケーキを思い出させ、アヴリルは涙をこらえた。

そのあと昼寝をしたアヴリルは久しぶりにすっきりした気分で目覚め、その日が終わるころにはベサニーとすっかり打ちとけていた。ベサニーは温かく世話好きで、子育てに慣れていた。

イサームは娘の人生に積極的に関わりたくないのかもしれないが、彼の手配はよい結果をもたらした。

アヴリルはできる限りベサニーの援助を受け入れることにした。彼女に助けてもらえれば、母子の生活は軌道に乗るだろう。これから新しい仕事を探さなければならないのだから、よけいありがたい。

その日イサームから連絡がなかったことは気にするまいとした。

昨夜、アヴリルが出ていってと言うと、イサームはしばし無言で彼女を見つめたあと、あっさり立ち去った。おそらく彼は私やマリアムとの複雑な関係から逃れたくてたまらなかったのだろう。ザーダールで婚外子がどのような扱いを受けているかは知らないが、王が外国人の血を引く子供をもうけるのは原則として認められていないのではないだろうか。王族は血統を重視するものであり、新国王であるイサームはスキャンダルを避けたいと願っているに違いない。たぶん、どこかの国の王女との結婚を計画していたのだろう。私と娘は不都合な存在なのだ。

アヴリルはイサームについて考えないようにして一日を過ごそうとした。だが、墜落事故のあと、つらい思いをしたことを偲《しの》ばせる鋭い目とこけた頬をした男性が頭の中に居座っていた。

もっとも、ベサニーがやってきた日の夜、マリアムは一晩じゅうぐずらず、アヴリルは熟睡した。ただ、夢にイサームが出てきた。夢の中の彼は自分の子供を一顧だにせず去っていったあのいかめしい男性ではなく、昨年アヴリルが恋に落ちたやさしく男らしい男性だった。上掛けをはねのけて起きあがると、肌が汗ばんでいて、下腹部がうずいていた。

その日、ベサニーが二階でマリアムを見てくれている間、アヴリルが就職活動用の履歴書を作成していると、ドアベルが鳴った。

イサームだった。彼は悠然としていたが、アヴリルは彼の目が暗く陰り、緊張のせいか苦悩のせいかわからないが口元にしわがあるのに気づいた。だが、イサームのことなど心配したくなかった。彼には心配してくれる民のいる王国があるのだから。

「なぜ戻ってきたの？　もう話はないはずよ」親子鑑定の結果は誰かが送ってくるものと思っていた。

イサームは顎をこわばらせたが、その口調は穏やかだった。「そんなふうに思わせてすまない。だが、話ならある。マリアムのためにも話し合わなくては」

アヴリルはしぶしぶ脇に寄った。彼の言うことはもっともだ。マリアムのためにも、今後について決めなければ。居間へ向かいながら、さっきまでの安らぎが火花の散るような欲望に取って代わられるのを感じた。二人は向かい合って座った。

「検査結果が出た」

「そんなに早く？　いえ、王であるあなたなら、どうにでもできるわね。それで？　あなたがマリアムの父親だと証明されたの？　私はもう知っているわ。あなたと結ばれるまでバージンだったのだから」

イサームのグレーの瞳に何かがひらめいた。それは驚きのようにも見えた。でも、あの夜、私に経験がないのは明らかだったはず。

「報告書をいただける？」アヴリルは手を差し出した。「マリアムを認めたくないのでしょう？」

「マリアムを認めたくないだって？」

自分の子供を認めたくないわけがない。命がどれほど尊いものなのかも、それがどんなに簡単に奪われてしまうものなのかも、僕は知っている。

小さな娘に何かあったらと思うと、イサームの胸は締めつけられた。初めて娘を抱いたとき、あまりに強い感情がこみあげてきて怖くなり、娘をベビーベッドに寝かせて部屋を出た。

一目見ただけで、マリアムは自分の子だと確信した。愕然《がくぜん》としたものの、畏怖の念は薄れなかった。

腕の中の娘の感触、愛らしい顔、清潔な赤ん坊の匂いまでが、かつて妹のヌールを抱いたときのことを思い出させた。感情が高ぶり、平静ではいられなくなりかけた。しかし、王族としての長年の訓練のおかげで興奮と切望を抑えこめた。ヌールを亡くした悲嘆も。

突然、イサームには再び家族ができた。母親はヌールの出産で命を落とした。だから妹が亡くなり、父親が逝くと、彼は独りぼっちになってしまった。

この一年、イサームは多くの責務に取り組んでいたため、亡き家族に思いをはせることはなかったが、父親を亡くした悲しみはいまだに生々しかった。ただ、今はもう孤独ではない。

「そうじゃないの？　自分の子供を受け入れようとしている男性が親子鑑定を手配するとは思えないわ。責任から逃れるためにすることよ」アヴリルが腕組みをするとTシャツが胸に張りつき、イサームの手はうずうずした。「心配しないで。あなたに責任を取ってもらおうとは思っていないから。あなたがどういう人かわかったわ。娘は一人で育てていく」

アヴリルの非難のまなざしを受け、イサームは彼女が本気だと気づいた。

〝あなたがどういう人かわかったわ〟

イサームは唇をゆがめた。かつての彼は自分を疑ったことがなかった。正直で勤勉で、ユーモアのセンスもあり、少ない休暇は友人たちと過ごして砂漠の冒険やカヤックを楽しんでいた。ここ数年は父親とともに母国をよりよくするために働いてきた。

しかし、あの事故以来、イサームの人格と能力は疑問視されていた。あからさまにではない。誰もそんな勇気はなかった。ただ、イサームが療養している間に、あっさり彼を王位につけるべきではないと考える者が出てきたのだ。

そうだ、今抱えている問題を考えると、自分に完全に自信を持てるのか？

イサームは頭の中の辛辣な声に耳を傾けまいとした。失意のどん底に突き落とされたときから聞こえるようになったその声は、ありがたいことにしだいに聞こえなくなりつつあった。

「権力の座にある者なら親子鑑定を手配するのは常識だ」イサームは謝罪するつもりはなかった。王とはそういうものだ。「それが合理的な予防措置だと認めてもらわなくては。決して僕たちの子を拒絶するという意味ではない」

イサームが〝僕たちの〟という言葉を強調したとき、アヴリルの目が大きく見開かれた。彼女の虚勢の裏には不安があったに違いない。

「マリアムは僕たちの子だ」イサームは繰り返した。

「君だけの子でも、僕だけの子でもない」

「だったら本当の問題は、あなたが私を信じなかったことよ」アヴリルは怒っているというより失望し傷ついているようで、イサームはみぞおちにパンチを食らった気分になった。「嘘《うそ》つきだと思わせるようなことを私は何かしたかしら？　何カ月も一緒に仕事をして、いい関係を築いていたのに。私をわかってくれていると思っていたわ」

「セックスをしたからといって相手についてわかるわけではない。僕たちの情事は――」

「セックスの話なんかしていないわ」アヴリルが侮蔑をこめてさえぎった。

そんなまねをされたのは初めてだった。ザーダールでは誰もがイサームの地位を重んじていた。

「私たちが一緒に仕事をしていたときのことを話しているのよ。あなたは私を尊重してくれた。私たちの間には信頼関係ができあがっていたわ」そこでアヴリルが唇を引き結んだ。「それに、あの出来事を情事とは呼びたくないの」

あの出来事？

まるであれがセックスではなかったかのような口調だった。

「だったらなんと呼ぶんだ？」まさか僕が永続的な関係を求めているとは思っていないだろう！　王族に嫁ぐには多くの条件を満たさなければならないのは誰だって知っている。

イサームの花嫁は彼の伴侶となるだけでなく、ザーダールの王妃となる。国民に寄り添い、国を繁栄させ、未来をより明るくするために王の仕事を助けなくてはならない。王妃は常に世間の注目を浴び、多くの人々の模範となる。

アヴリルが嘲りをこめて言った。「一夜限りの関係ということにしておくわ。他には？」

イサームはその言い回しを聞き、即座に拒絶した。脈拍が乱れ、思考がまとまらない。

一夜限りの関係？

アヴリルが何か言うのがわかったが、鼓動が耳に響いて聞き取れなかった。

アヴリルが繰り返し、今度はイサームも聞き取った。「他になんて呼ぶの？　私たちは一夜をともにしただけなのよ」

アシスタントとの一夜限りの関係！

しかも彼女はバージンだった。

イサームの胸の中に恐怖が渦巻いた。

僕はいったいどんな男なのだろう？

結局、人々の疑念は正しかったのだ。

イサームは立ちあがり、狭い部屋を歩きまわった。感情のはけ口が欲しくてたまらなかった。

再び振り向くと、アヴリルが彼の行く手を阻んでいた。「どうしたの？　私にはわからない」

イサームにもわからなかった。もし誰かに、おまえは無垢《むく》な女性を誘惑して一晩で彼女を捨てるような男だと言われたら、侮辱されたと思っただろう。ありえないと言い張ったに違いない。だが、娘のマリアムはその言葉が間違いだと証明している。

イサームは頭を抱えた。

「イサーム！　倒れる前に座って」

「体調は万全だ」イサームはつぶやいた。

「足がふらついているわ。顔も真っ青よ」アヴリルがイサームを押して椅子に座らせた。

アドレナリンが出ているにもかかわらず、イサームは骨が溶けていくような感覚に襲われ、全身を震わせた。

ショック、いや、ショック以上だった。事故のあと、無理をすると頭がくらくらすることがあるが、いつもはこんなにひどくない。

柔らかい指が腕に触れるのを感じ、イサームは目を開けた。いつの間にか閉じていたらしい。アヴリルが彼の前にしゃがみこみ、水の入ったグラスを差し出していた。「ゆっくり飲んで。動いてはだめよ。医者を呼ぶわ」

「医者は呼ぶな！」

アヴリルの顎がこわばった。「そんなに具合が悪そうなのに。一国の王が私の家で倒れたら、どんなに面倒なことになるか。外交問題に発展しかねないわ」

イサームは水を一口飲み、いったん頭の中を空っぽにして呼吸に集中した。やがて平静を取り戻した。

「すまなかった。何が問題かはわかっているから、医者は必要ない。君を怖がらせるつもりはなかったんだ」

アヴリルが硬い表情で立ちあがったが、心配そうなようすでそばを離れなかった。「びっくりしたわ。具合が悪いんじゃないの？」

「体調は悪くない」

「それで？　私が一夜をともにしただけだと言うと、あなたは真っ青になって……呆然《ぼうぜん》としているみたいだった」

イサームは話をそらすべきだと思った。この数カ月でそうするのがうまくなった。しかし、何かが思いとどまらせた。アヴリルの恐怖の表情のせいか、それとも、彼女の柔らかい肌に触れ、喜びのため息を聞いて眠れなかった夜を思い出したせいだろうか。

突然、イサームは秘密を守らなくてはならないことに疲れを感じた。

「どうして呆然としたの？」

イサームは答えなかった。アヴリルが目を見開き、ぽかんと口を開けた。

「イサーム？　そんな表情はやめて。見ているようで見ていないみたいな」

イサームは弱々しく息を吐き、真実を告げた。

「僕たちが一夜を過ごしただけなのかどうか、残念ながら覚えていない。僕は記憶喪失なんだ」

6

アヴリルが一歩後ずさるのを見て、イサームはショックを受けた。

「記憶喪失？」彼女がゆっくりとかぶりを振った。「記憶喪失なんて本当にあるの？　映画の中だけの話だと思っていたわ」

イサームは苦笑いした。「そうだといいが、残念ながら僕の存在が現実だと証明している」

「何も覚えていないということ？」

イサームはためらった。この事実を知る者は限られている。ザーダールの支配者という立場を考えれば、秘密にしておくのが最善だった。最も避けたいのは国民の信頼を失うことだからだ。海外でのビジネスや、自分と父親が始めた大規模な開発事業、さらには国の平和にも大きく影響するのは間違いない。

しかし、イサームとアヴリルはすでに娘という潜在的な火種となりうる秘密を共有していた。彼はアヴリルを信じるしかなかった。それに、本能が彼女は裏切らないと訴えていた。

だが、おまえは自分の本能を信じられるのか？　記憶の欠落のせいで本能さえもゆがんでいるかもしれないぞ。

そうだとしても、イサームは自分を、そして今はアヴリルを信じなければならなかった。

「そういうわけじゃない。記憶に霧がかかっているのは、ヘリコプターの墜落事故が起こる前の半年ほどの間だけだ」霧がかかっている――すばらしい婉《えん》曲《きょく》表現だ。記憶に大きな空白があるとなぜ認めない？「それに墜落のことも、その直後のことも覚えていない」

医師は頭を打ったせいだと言ったが、父親を亡くした心の傷も原因の一つだった。イサームは負傷していたにもかかわらず、救助が到着する前に父親とパイロットを炎上するヘリコプターから引っぱり出していたという。墜落現場はベテランの救助隊員でさえ見たこともないくらい悲惨なありさまだったらしい。

アヴリルがふらつきながらも肘掛け椅子に腰を下ろした。「事故の半年前？　つまり、私との一夜は覚えていない……」

「覚えていることもある。だが、覚えていると思っていることが事実とは限らないんだ。記憶が間違っていると言われたこともある」

イサームの入院中は遠戚のハーフィズが摂政を務めていた。そのハーフィズが事故の前にイサームがとったと言っていた行動はまるで記憶になく、彼は自分というものがわからなくなった。このままでは完全に政務に復帰するのはむずかしい。だが、今はもっと差し迫った問題に対処しなければ。アヴリルと娘の問題に。

「あなたが覚えていることは何？」

イサームはアヴリルの目を見て、何を知りたいのか悟った。彼女についてどれだけ覚えているかだ。

「断片的な記憶しかない。外国の国家元首がザーダールを訪れたこと。友人の結婚式に出たこと」イサームは言葉を切った。気が進まないが、伝えなければならない。「だが、君については覚えていない」

嘘《うそ》だった。昨日ホテルでアヴリルに会って以来、短いフラッシュバックが起こっていた。会話の内容ではなく、官能的な場面ばかりだった。舌に感じたアヴリルの蜂蜜のように甘い味、彼女が至福の境地に達しながらあげた叫び声、一つに結ばれたときの感触。

だが、それは本物の記憶なのだろうか。

昨日アヴリルがスイートルームに入ってきた瞬間から、イサームは彼女に強烈な渇望を感じていた。アヴリルを覚えていなかったというのに。

気がつくと、アヴリルの表情豊かな瞳に浮かんでいたショックは痛みに変わっていた。

「私のことを何も覚えていないの？　あなたが私を雇ったのは事故の半年ほど前よ。事故の前の週にはロンドンで一緒に仕事をしたわ」

罪悪感がイサームの胸を締めつけた。

僕に純潔を捧《ささ》げ、僕の子を産んだ女性をまったく覚えていないとは。

意図的ではないとはいえ、この一年間ロンドンに行かなかったことが最初の裏切りだとしたら、アヴリルを覚えていないことは二つ目の裏切りだ。

アヴリルの大きな瞳に宿る苦悩を自分が癒やせるとは思えなかった。彼女の気持ちを楽にしてやりたかったが、嘘をついても誰のためにもならないのはわかっていた。

「覚えていなくてすまない。だが、昨日会ったとき、どこか見覚えがあるような気がしたんだ」

官能的なフラッシュバックに悩まされたせいで、面談に集中できなかった。よみがえる断片的な光景や感触や渇望は本物の記憶に思えた。

アヴリルが打ちひしがれたようすで椅子に沈みこんだ。「だからあんなに無愛想だったのね」彼女の声はイサームにというより自分に言い聞かせるように小さくなった。「あなたらしくないと思ったの。私を見てもまったくの無表情だったから。あなたは決して冷たい人ではなかったわ」

その言葉を聞いてイサームはほっとした。ハーフイズに言われたことのせいで、自分には人格的な欠陥があるのではないかと不安になっていたからだ。

「でも、ロンドンでのビジネスについては思い出してもらわないと」

イサームは肩をすくめた。「あれは何年も前にイギリス人の祖母から受け継いだものだ」

「私を雇ったとき、あなたはイギリスのホテルを買収しようとしていたわ。だからロンドンで働くアシスタントが欲しかったんでしょう？」

「そうだと思う。だが、覚えてはいない」

アヴリルはしばらく黙ってイサームを見つめ、それから首を振った。「でも、あなたのスタッフはロンドンでのビジネスについて知っていたはずよ。私のことも。あなたの事故からずいぶんたつのに、私はなんの指示も受けなかったわ」

アヴリルの視線は非難に満ちていた。まるでイサームの記憶喪失を信じていないかのようだった。彼女を遠ざけるための都合のいい口実として記憶喪失を利用していると考えているのだろうか？

疲労に襲われ、イサームはこめかみをさすった。

「すまない、突飛な話だというのはわかっている」

記憶にない一夜の恋人がいたこと、そして自分に子供がいたことを知るのと同じくらい突飛だ。イサームは深呼吸をした。「君は僕のスタッフが使っている番号ではなく、個人用の番号を知っていたらしいな。その電話は事故でなくしたんだ。メールも同じで、僕は宮殿のアドレスは使っていない。それに、スタッフは僕のイギリスでのビジネスには関わっていなかった。その仕事をしていたのは君だけのようだ」

アヴリルが眉をひそめた。「そんなことがありうるの？」

「イギリスでのビジネスは他の事業とは違って、僕が個人的に運営することに決めたらしい。公的資金を投入していたわけではなく、自分の私的資金を使っていたから、不適切ではないはずだ」

「そんなことは言っていない――」

「もちろんそうだろう」しかしハーフィズは、イーサムの優先順位が常に公共の利益ではなかったとほのめかしていた。

「あなたのスタッフが私のノートパソコンの中身を見たがったのはそのため？　あなたはバックアップを取っていなかったの？」

「もちろん取っていたが、どこにあるかわからなかった。王室の記録に使われているクラウドストレージにはなかったんだ。もっとも、僕の個人的なビジネスだからね。事故後は誰もが通常業務を継続することに集中していて、公的なもの以外の記録を探す余裕はなかった」状況が違えば笑い話になっていただろう。自分のビジネス文書すら取り出せなかった王がいるとは。

イサームの記憶障害を知っている少数のスタッフはかなり慎重になっていた。王が亡くなり、皇太子も怪我《けが》をした事故のあと、国民の中には不安が広がっていた。しばらくの間はイサームの回復にどれほどかかるかも不明だった。新しい国王が記憶障害であることを公表したところで、国民を安心させられないのは明らかだった。

もしその秘密が知れ渡れば、イサームの足をすくおうと企《たくら》むハーフィズにとってはさらなるはずみとなるだろう。

「それじゃ……」アヴリルが言葉を絞り出した。「あなたは私のためにロンドンへ来たのではないのね。ビジネスについてききに来たんでしょう？」

「あるメモを見つけて、それが興味を引いたんだ」

イサームは記憶の空白を埋めるために自分の行動を振り返ろうとしたが、日記には〝ロンドン〟としか書かれていなかった。そのあとアヴリルの人物評価が記された手書きのメモを発見した。おそらく彼女を雇うと決めたときに書きつけたのだろう。

「スタッフに調査させたところ、君が僕と会っていたことがわかった」そのうえ定期的に支払いをしていたことも判明し、忠実な側近であるラシドでさえも不審に思ったのだった。

「私を調査したの？」アヴリルの口調は鋭かった。

「詳細にではない」もし詳しく調べていれば、マリアムについても事前にわかっていたはずだ。「自分で君と話をしようと思っていた」

事故で負傷して以来、イサームは報告を額面どおりに受け取らないようにしていた。状況を自ら把握したかった。

苦い笑いがこみあげた。一夜の恋人と娘は単なる状況ではない。二人はすべてを変える存在だ。僕自身にとっても、国にとっても。

「僕たちはマリアムについて話す必要がある」

事故で父親を奪われ、記憶も奪われ、マリアムの誕生に立ち会う機会も奪われた。娘の母親をもっとよく知る機会も。しかし、自己憐憫《れんびん》にひたるような贅沢《ぜいたく》は許されない。アヴリルとマリアムを守らなければならないのだから。

二人の存在は僕の支配を揺るがす材料となるとハーフィズがみなす可能性もある。僕が入院している間、ハーフィズは権力を手に入れようとしていた。

アヴリルはうれしそうではなかった。「あなたは子供が欲しくないんだと思っていたけれど、今ならただ慎重になっていただけだとわかるわ」

イサームには少なくとも一つだけはっきりと伝えられることがあった。「何があろうと、僕は我が子を拒むようなまねは決してしない。マリアムはかけがえのない贈り物だ。僕はあの子を大切にし、できる限り最高の人生を歩ませたい」

ヌールの世話をできなかったぶん、精いっぱいマリアムの世話をしたい。妹を亡くした心の傷は何年たっても生々しいままだ。

しかし、イサームの言葉はアヴリルの不安をやわらげるどころか、かえってかきたてたらしかった。


「まるであなたが育てるような言い方ね。あの子には母親がいるのよ」

イサームは昨日会って以来、起きている間じゅう思考の中心にいて、夢にさえも出てきた女性を見つめた。「心配しないでくれ。君たちの絆《きずな》は十分承知している。僕が思い出せないのは過去の出来事だけだ」この女性を忘れていたなんて、今でも信じられない。二人の関係はどんなものだったのだろう？　二人はどのようにして結ばれたのか？「僕はマリアムの人生に関わり、あの子を、そして君を支えるために全力を尽くすつもりだ。そのことを信じてもらいたい」

アヴリルの体が硬直した。「私が経済的な援助を求めているとでも思うの？」

「まさか。君は誇り高く、自立した女性だ。妊娠中はずっと一人で、今は赤ん坊を抱えて、どれだけ大変だったか」

アヴリルは本当に一人だったのだろうか？　イサームは彼女が他の男とつき合っているかもしれない可能性は考えないようにしていた。アヴリルに限ってそんなことはないと信じていた。

アヴリルを覚えていなかったくせに、なぜわかる？　ハーフィズの言うとおり、脳の損傷はおまえが思う以上に深刻なのかもしれないぞ。

イサームは心の声をはねつけた。

「もし知っていたら、君を支えられたのに」

「私……」アヴリルがショックの連続に耐えかねたように椅子に沈みこんだ。「ありがとう」

立ちあがってアヴリルを抱き寄せたい衝動に駆られたイサームは、椅子の肘掛けを握りしめた。彼女を慰めたいが、それはできない。二人の関係がどうだったにせよ、今のアヴリルに僕の抱擁を歓迎するそぶりはないから。

「今後について話そう」

アヴリルが身構えるように顎を上げ、それからうなずいた。「ええ。ごめんなさい、この状況がまだ受けとめられなくて……」そう言ってイサームのほうを示す。「私を捨てたんだと思っていたから」

「あやまらないでくれ。君に受けとめてもらわなければならないことはたくさんあるが、今日はもうこれ以上負担をかけたくない」それに、自分の意図を明らかにしてアヴリルをおじけづかせたくもない。

この状況に対する解決策は一つしかない。結婚だ。

国民や側近がザーダールの言語や習慣に精通し、王の責務を理解できる花嫁を選ぶことをイサームに期待しているのは問題ではなかった。彼の回復と王制の将来を心配するあまり、花嫁の候補がすでに挙げられているのも。幸いにも、イサームはその提案を検討することに同意しただけで、話は進んでいなかった。

アヴリルが小さくほほえんだ。「確かに今日はいろいろあったわ。詰め物の半分がなくなったクッションみたいな気分よ」

「わかるよ」イサームは慎重に言葉を選んだ。アヴリルを驚かせないようにゆっくり話を進めなければならない。「残念ながら、僕は緊急の用件があってザーダールに戻らなければならないが、今後どうするかを話し合う必要がある。誤解が生じないよう、顔を合わせて話したい。娘の将来はあまりにも重要な問題だから」

「ええ。それで、いつロンドンに戻るの？」

「王室の事情でしばらくは戻れない」

「あなたは王よ。自分で決められるはずだわ」アヴリルが腕組みをした。「あなたにとって重要なことであれば」

そんなに簡単ならいいが……。

イサームが望めば、ザーダールとロンドンを行ったり来たりすることはできるが、いつまでも国外にいるには問題が多すぎた。ラシドはアヴリルの件は自分が対処できると力説し、イサームにザーダールにとどまるよう勧めた。しかしイサームは、アヴリルに直接会う必要があるとわかっていた。それは自分自身を知ることにつながるはずだった。

一方、ハーフィズはイサームの不在を利用し、彼を陥れようと画策しているに違いなかった。

「信じてくれ、アヴリル。君とマリアムのことは長期的に考えている」イサームがそう言うと、アヴリルが目を見開いた。「君たち二人は僕の最大の関心事だが、同時にザーダールに戻ることも重要なんだ。そこで提案がある」

「言ってみて」

「僕と一緒にザーダールへ来てほしい」イサームは手を上げ、アヴリルの抗議を制した。「反対する前に僕の話を聞いてくれ」

アヴリルがいらだたしげに息を吐き、唇をとがらせた。だが、その口元はとても魅力的で、イサームの下腹部に渇望の炎をかきたてた。そのせいで彼はすぐには声が出せなかった。

「ザーダールへ来てくれ。養育係《ナニー》も一緒に。この一年は大変だっただろうから、向こうでのんびりして体力を回復してほしい。快適な宿を用意するから、滞在中に娘のための計画をゆっくり練ろう」アヴリルの顔には疑念が浮かんでいる。「ごほうびの休暇だと思ってくれないか？」

それでもアヴリルはためらった。「ここで話し合ったほうがいいんじゃない？」

「ザーダールならプライバシーが確保できる。ここにいれば、遠からずマスコミが騒ぎだすだろうが、僕には君たちを守れない」

「マスコミ！」アヴリルが怯《おび》えた表情になった。

「私たちのことは誰も知らないわ」

イサームは肩をすくめ、両手を広げた。「今はまだそうだが、あの事故以来、僕は常に注目されている。国民は重傷を負った僕が王にふさわしいかどうか不安に思っているんだ」彼は〝敵〟という言葉は使わなかった。いたずらに彼女を怖がらせる必要はない。「遅かれ早かれ、僕がロンドンで何をしていたかに誰かが関心を持つだろう。そして、君やマリアムと結びつけるはずだ。そうなれば、君はドアから一歩出るたびにマスコミに追いまわされるはめになる。一緒に来てくれ、アヴリル。将来の計画を立てる間、二人の身の安全を守ると約束する」

7

快適な宿を用意するとイサームは言った。そこでのんびりして体力を回復してほしいと。そして、娘のための計画をゆっくり練ろうと。

三つのうち二つは悪くないとアヴリルは思った。

四日前にザーダールに到着して以来、アヴリルは毎日イサームに会っていた。彼はマリアムにすっかり夢中で、予定が合えば娘やアヴリルと一緒に過ごしたがった。だがこれまでのところ、二人が将来について詳しく話し合う時間はなかった。

あなたは本当にそうしたいの？

話し合えばむずかしい決断を迫られるはめになるだろうし、妥協も必要になるだろう。イサームが娘を知る権利を否定するわけにはいかないからだ。つまり、必然的にマリアムが自分だけでなく父親とも一緒に過ごす時間を作らなくてはならない。

アヴリルは現実を理解していた。イサームは一国の王だ。娘との貴重な時間をロンドンにある私の小さな家で過ごすことはないだろう。でも、娘と離れ離れになるなんて考えたくもない。

アヴリルはため息をつき、腕を組んだ。

イサームが用意した宿は約束どおりプライバシーが守られ、ザーダール宮殿の中心にあることを忘れさえすれば、静かで十分リラックスできた。スイートルームには本物の金箔《きんぱく》張りの天井も、ルビーやラピスラズリがちりばめられた柱もなかったが、部屋の広さといい、貴重な美術品といい、豪華な調度品といい、すべてが王家の財力を表していた。バスルームはホッケーチームが利用できるほど広く、バスタブは明らかに二人以上入れるように設計されていた。アヴリルはついイサームと一緒に入るところを想像した。一年たった今でも彼の引きしまった力強い体や、生まれたままの姿で抱き合ったときの感触は鮮明に覚えている。

アヴリルは身震いした。寒さのせいではなく、熱い欲望に駆られたせいだ。新米の母親はセクシーな男性に興味がないはずではないのだろうか。とくに自分を欲望の対象として見なくなった男性には。

イサームのもてなしは完璧だったが、アヴリルのことは横目でちらりと見るだけで、魅力的な女性としてとらえているそぶりはもうなかった。まるで一夜をともにしたときの情熱が幻だったかのように。

何を期待しているの？　イサームはあの夜を記憶から消し去ったのよ。

あの夜が彼にとって大切なものであったなら、きっと覚えていたはず。あなたのことも。

イサームが何も言わずに去ってから、アヴリルには内なる声が再び聞こえるようになった。それ以前はシーラの助けもあって、自責の念や、自分は両親を引きとめるほど特別な存在ではなかったという思いを心から追い出していたのに。

アヴリルは体をこわばらせた。心の奥底にひそむイサームへの執拗《しつよう》な未練に愕然《がくぜん》としていた。

イサームにとって、私は厄介な荷物にすぎない。自分が信頼を寄せているたった一人の男性は私を、記憶にない見ず知らずの他人だと思っていたのだ。その事実にどんなに傷ついたことか。

アヴリルは顔をしかめた。私の中にはまだ、かつての愛情に飢えた少女がいる。ママがいないと泣き、パパが帰ってこないと涙をこらえる少女が。でも、少なくともそのころにはシーラがいて、私の世界には安心感があった。

マリアムに必要なのはそれよ。安心感とたくさんの愛情。

娘にそれを与えよう。そのために必要なことはなんでもする。王との共同養育の交渉も含めて！

アヴリルは専用の中庭を眺めた。香り豊かな花々が咲き乱れ、五感を心地よく満たしてくれる。手描きのタイルが敷きつめられたプールに、刺繍《ししゅう》が施されたシルクの天蓋とカーテンがついたサンベッド。この場所全体がアヴリルの想像をはるかに超えていた。自分を場違いだと感じたのも無理はないだろう。

シーラは姪《めい》を独立心旺盛で現実的な人間に育てたし、何度か有力者の下で働いたアヴリルには、彼らの贅沢《ぜいたく》な世界を垣間見る機会があった。しかし、ここはスケールが違う。単なる富ではなく、王家の特権にあふれている。昔住んでいた町よりも大きな宮殿は、お仕着せ姿のスタッフによって完璧に調えられていた。そして、挨拶の仕方から適切な服装に至るまでの細かな決まりが網のように張りめぐらされている。アヴリルとベサニーは、宮殿での生活になじむために渡された一覧を見て頭に入れた。それを隅から隅まで読んだアヴリルは、イサームが自分たちを市内の無名のホテルに泊めてくれればよかったのにと思わずにはいられなかった。

ここでは何もかもにイサームの強大な権力を思い知らされる。二人の間にある隔たりを。

平凡な出自の平凡な女がここで何をしているの？

話し合いは始まったばかりだというのに、アヴリルはすでに不利な立場に立たされている気がした。

「アヴリル？」

イサームの豊かなバリトンの声が響き、アヴリルの肌を撫《な》でた。体がざわつき、産毛が逆立って、鼓動が速くなる。

振り向くと、イサームがドア口にいた。ダークスーツではなく白い長衣を身にまとい、黒い紐《ひも》で固定されたヘッドスカーフをかぶっている。シンプルな服装がよく似合い、背の高さと体のたくましさが強調されていた。

アヴリルは脚の間が脈打ちはじめるのを感じた。イサームが意図的に自分を捨てたわけではないという事実を知り、これまで盾にしていた彼への怒りは消えていた。

不安なのは、複雑な感情の中に心の平穏をおびやかす危険なものがあることだった。

「何度かノックしたんだが」

アヴリルはうなずいた。「どうぞ、入って」

本当は出ていってと言いたかった。話し合いをする気になれなかったからだ。どんなにイサームの言うことが理にかなっているとしても、その結論は気に入らないとわかっていた。大切な娘をたとえ数日でも彼に預けると考えると、吐き気がこみあげた。

イサームが広い部屋を見まわした。「マリアムは眠っているのかい？」

下腹部の官能的なざわめきが失望に似たものに変わった。

自分の娘に嫉妬する女性がどこにいるの？　イサームがマリアムに興味を持っているのを喜ぶべきよ。

アヴリルは背筋を伸ばした。「ええ。ベサニーがついているわ。その間に私は――」

イサームが部屋に入ってくると、アヴリルは自分の体の反応の強さに改めて驚いた。欲望が火花を散らし、脚の間がとろけそうになっている。まるでたった一人の男性のために体が目覚めたかのように。

なんて恐ろしい！

「君は……？」

アヴリルは一時間だけ宮殿を出て、ガイドに街を案内してもらおうと考えていた。ゆっくり休養を取るつもりだったにもかかわらず、変えようのないことを思い悩み、日に日に不安が増しているからだ。

「べつにいいの。どうぞ座って」アヴリルがダマスク織りのソファに浅く腰を下ろすと、イサームは向かいの椅子に座った。

「僕たちのことを話してくれないか？」

「私たちのこと？　そんなものは何もないわ」

気のせいか、イサームの表情が厳しくなったように見えた。「それでも僕たちはここにいる。僕たちの関係についてもっと知りたい。僕たちがどうやって結ばれたのか」

アヴリルはほてりが首から頬へとのぼってくるのがわかった。「それが今、重要なの？」

イサームが肘掛けに肘をついて指を組み合わせ、身を乗り出した。「君は僕たちの間にあったことを全部覚えているのに、僕は何も思い出せない」唇が固く結ばれ、目に気弱さのようなものが浮かんだ。

アヴリルは赤面した。恥ずかしさからではなく、イサームの立場に立って考えていなかったことへの申し訳なさからだ。記憶喪失という現実は想像もつかない。彼にもっと思いやりを示すべきだった。

「そうね。ごめんなさい」アヴリルは咳《せき》払いをした。

「あなたがロンドンに来る前、私たちは半年間オンラインで仕事をしていたの。関係は良好だったわ。あなたは私を信頼してくれたし、私はきちんと仕事をこなした」

「僕が直接面接したのか？」

「ええ。ただ、ビデオ通話で。私はあなたのリモートアシスタントとして働くことになっていたから」

まだ納得していないようすのイサームにアヴリルは説明した。「私の前の雇い主のベルトルド・ケラーが私をあなたに推薦してくれたのよ。彼の下で数年間働いたけれど、私が実は在宅勤務を希望していることを彼は知っていたの」

イサームがうなずいた。「なぜ在宅勤務がよかったんだい？」

「私は大伯母と暮らしていたのよ」アヴリルは事情を打ち明けた。「大伯母は高齢で弱ってきていたから、介護したかったの」

「大伯母さんは君と同居しているのかい？　君の家では見かけなかったが」

アヴリルは膝の上で握った両手に視線を落とした。

「あそこが大伯母の家だったの。大伯母が私を育ててくれたのよ。でも、私があなたの下で働きはじめたあと亡くなったの」

「お悔やみを言わせてくれ。僕がロンドンに滞在していたあとかい？」

アヴリルが目を上げると、グレーの瞳が同情をこめてこちらを見つめていた。彼女は大きく息を吸いこんだ。「いいえ、その前よ」

イーサムが椅子の背にどさりともたれかかった。

「僕たちが直接会ったとき、君は大伯母さんと死別していたのか？　そのことを僕は知っていた？」

「知らなかったわ。あの一週間はあなたと一緒に仕事に集中できてありがたかった」葬儀とそのあとの雑事でアヴリルは疲れきっていた。彼に惹《ひ》かれたのはそのせいだったのだろうか？　私の欲望は悲しみを忘れたい気持ちの表れだったのかもしれない。

それなら、今の思いはどう言い訳するの？　シーラが亡くなって一年以上たつのに、あなたは彼に見つめられただけでめろめろになっているじゃないの。

アヴリルが頭を上げると、イサームの表情は沈んでいた。「君にあやまらなければならない」

アヴリルは顔をしかめた。彼が連絡をくれなかったのは記憶を失っていたからなのに。「なぜ？」

「アシスタントだった君を誘惑し、決して越えてはならない一線を越えてしまったからだ」イサームはかぶりを振り、アヴリルから目をそらした。「君の純潔を奪った僕のふるまいは――」

「あなたは勘違いしているわ！」彼の誤解に愕然とし、アヴリルはさえぎった。「あなたは私を誘惑したりしなかった。私も……望んでいたのよ」

「だが、僕たちの仕事上の関係を考えれば――」

「私が言ったことを聞いていなかったの？　私たちはお互いに惹かれ合っていたのよ」アヴリルにはあの夜抱いた切迫感を表現する言葉がなかった。「私たち二人はその気持ちと闘っていたし、あなたは私の雇い主だから関係を持つべきでないと言い張った。でも、私はあの夜、それまで誰にも感じたことのなかった深い渇望をあなたに感じたの」

それを認めるのは恐ろしかったが、イサームが自分のしたことは許されない行為だと思い悩んでいるのを見て、アヴリルは誤解を解こうと決心したのだった。父親を失い、記憶も失って苦しむイサームをこれ以上不幸にしたくなかった。

イサームに寄せる信頼は間違っていなかったとわかったのは救いだった。この一年の大半を、自分を捨てたイサームを軽蔑して過ごしてきたが、彼の人柄は変わっていなかったと知り、心が温かくなった。

それは自分のためではない。以前の関係に戻ることはないのだから。だが、マリアムの父親がまっとうな人間だったと確かめられて安堵《あんど》していた。

「あなたはいけないことだと言ったけど、私が聞かなかったの。あなたが罪悪感を抱くのは予想できたし、一晩だけとわかっていた。でも、私は――」どうしてもあなたと結ばれたかった。「私が誘ったのよ」

「僕を誘惑したというのか？」

アヴリルの頬が熱くなった。それではまるで私が魅惑的な運命の女《ファム・ファタール》みたいだ。私はただ必死になっていただけ。彼女は肩をすくめた。「ええ」

イサームがいぶかしげに目を細めた。彼は何を見たのだろう？　目の下に隈《くま》のある疲れた母親？　男性を誘惑する妖婦ではないと思った？

アヴリルは居心地の悪さを感じて身じろぎをした。あの夜の自分のふるまいを思い出したからではなく、なぜこんな平凡な女と一夜をともにしたのかとイサームがいぶかしんでいる気がしたからだ。タブロイド紙には華やかで洗練された女性たちを連れて有名なイベントに出ている彼の写真がよく載っていた。

アヴリルは背筋を伸ばし、話題を変えた。「もう過ぎたことよ。マリアムの将来について話し合いましょう」

イサームの視線から、わざと話題を変えたのに気づいているとわかった。「ああ。娘以上に大切な存在はない。僕たちは決断する必要がある」

その点では二人とも同じ考えだ。もしかしたら、話し合いは私が予想していたよりも簡単にすむかもしれない。ただ、それでもそうあっさりとはいかないだろう。

「マリアムが王位を継承することはないんでしょう？　継承するのは男子だけよね？」

「法律上はそうだ」

アヴリルはほっとした。もしマリアムが王位継承者なら、イギリスで育てることは許されないだろう。

「なぜそんなことをきく？　マリアムに何を望んでいるんだ？」

「心配しないで。マリアムに王家の特権を持たせたいと望んでいるわけじゃないわ。ただ、あの子のために愛情に満ちた安心できる家庭を築いてやりたいの。立派な教育を受けさせて、大きくなったら夢を追いかけるチャンスを与えてやりたいのよ」

「もちろんだ。僕も同じようなことを望んでいるよ。ザーダールにはすばらしい教育機関がある」

アヴリルは体をこわばらせた。「イギリスにだってあるわ」

「知っている。僕自身、数年間イギリスで学んだ。祖母はイギリス人だったし、他の国で教育を受けたことはとても有益だったよ」

アヴリルの不安がやわらいだ。つまりイサームは、マリアムがもう少し大きくなったら、ザーダールでしばらく過ごしてもいいと言っているのだろう。それに反対する理由はない。イサームに捨てられたと思っていた間も、娘には両親の文化や伝統を学んでほしいと願っていた。二つの言語と二つの文化に触れて育つことは財産になる。

イサームの唇がかすかにほころぶのを見て、ロンドンでの一週間がよみがえった。彼の温かさと魅力にどれだけ惹かれたことか。だが、思い出したのはそれだけではなかった。小さな震えがアヴリルの背筋を駆けおり、胸の先が硬くなった。

アヴリルは腕を組み、それからまたほどくと、身じろぎをした。「でも、教育を受けるのはまだ何年か先よ。あなたが子育てに関わりたいのだとしたら、それまで行き来をどうするか考えなくては」

グレーの瞳の中で何かが燃えあがり、アヴリルの体をほてらせると同時に震えあがらせた。彼が唇を引き結んだのは気のせいだろうか。

「僕はあの子の父親だ。父親なら関わりたいに決まっているだろう」イサームは声を荒らげることはなかったが、口調は鋼鉄を思わせるほど硬かった。

アヴリルはうなずき、ほほえんだ。「ちょっと確認しただけ。あなたの王としての責務を考えると――」

「それは重く受けとめている。だが、マリアムの幸せ以上に大事なものはない。家族が第一だ」

複雑な感情がアヴリルの胸にわきあがった。もし二人が一夜限りの関係以上のもので結ばれていたら、イサームの言葉は耳に心地よく響いただろう。いつの日かすばらしい男性と愛し合い、二人で温かい家庭を築くのが夢だった。こんな状況でなければ、イサームは完璧な伴侶、完璧な父親になるに違いない。

私の小さな娘は愛情たっぷりの家族の中で育つべきだ。いつもそばにいてくれる両親のもとで。親に関心を持ってもらえない存在だなんて思わせない。

娘が生まれて初めて、アヴリルは自分の両親の仕打ちに怒りを覚えた。子供のころの彼女はいつも孤独と不安を感じ、自信がなかった。娘には自分のような思いを決してさせない。

「僕はマリアムの世界の一部になりたい。あの子が成長する過程で、愛と導きと支えを与えられる存在になりたいんだ」

アヴリルは目を丸くした。

「君も同じことを望んでいるんだろう？」

「もちろん。でも、あの子を引き渡してよそで育てさせるつもりはないわ」

イサームがうなずいた。「僕たちは二人とも娘のそばにいて、あの子に最高のものを与えたいと願っている。それなら、明快な解決策が一つある。結婚して一緒に育てるんだ」

アヴリルは唖然《あぜん》とした。「結婚？　結婚なんてできないわ。あなたは王で私は庶民よ。王が無名の女性と結婚することはありえない。しかも外国人の」

イサームが顔をしかめた。「実際に王がどれだけ無名の女性と結婚するかを知ったら、君は驚くだろうな。それに、王が自国出身以外の女性と結婚するのを妨げるものは何もない」

「でも、私は……平凡で、目立たない。王妃には向いていないわ」

「娘を愛しているんだろう？　僕たちは娘のために結婚するんだ。これからザーダールの習慣を学び、王族としてのあり方を学べばいい。僕が君をアシスタントとして雇ったのは、賢く勤勉で、信頼に足る献身的な人物だったからだ」イサームが身を乗り出し、諭すように言った。「楽なことだとは言わない。だが、僕は君のそばにいて、君を支える。僕を頼ってくれ。娘に愛情に満ちた家庭を与えるために」

アヴリルは二人の結婚がいかに突飛な考えである

かを論理的に説明しようとしたが、イサームの言葉が頭の中に響いた。

〝僕を頼ってくれ。娘に愛情に満ちた家庭を与えるために〟

私の両親はそういう家庭を与えてくれなかった。私が最優先事項ではなかったからだ。母親は新しい恋人と自由に生きるために私を捨てた。出張で留守がちだった父親は、私が成長するにつれ、ますます家にいつかなくなり、やがてカナダ人女性と恋に落ちて、新しい家庭を築くために大西洋を渡った。

でも、イサームはマリアムのために、なんの取り柄もない外国人をめとれば当然起こる反発を覚悟で私に結婚を提案している。イサームが義務感だけでなく、娘に対して深い愛情を抱いているのは明らかだ。彼の厳粛な表情を見ればわかる。

アヴリルは胸が締めつけられた。彼が娘のためにここまでするとは……。

あなたはどうなの？　あなたの幸せは？　それを捨ててもいいの？

でも、マリアムの未来が確かなものになるのは間違いない。私がイサームや娘とともにここで幸せを見いださないと誰に言える？

私は両親とは違う。世界一有能な母親ではないかもしれないけれど、これからまだまだ学べる。私が一番に考えるのは娘のことだ。

アヴリルはため息をつき、椅子に深く座り直した。「もしあなたが誰かに恋をしたら？　離婚する？」

彼女が言葉を切る前に、イサームはすでに首を横に振っていた。「多くの女性を見てきたが、自分が恋に落ちるなんて想像したこともない。いずれ政略結婚をするものと思ってきた」彼は魂をのぞきこむかのようにアヴリルを見つめた。「僕は本物の結婚を提案している。僕たちは名実ともにパートナーになるんだ。君に誠実であることを約束するよ」

まぎれもない欲望が血を熱くし、アヴリルは驚いてまばたきをした。これは完全にマリアムのための結婚だと自分に言い聞かせたが、嘘《うそ》なのはわかっていた。彼女はイサームを求めていた。でも、結婚を提案するのと貞節を誓うのは別の話だ。

「私たちがうまくやっていけるかどうかもわからないのに――」

「詳しくは覚えていないが、僕が越えてはいけない一線をあえて越えたことが真実を物語っていると思う」まるであの夜二人が一緒に到達した恍惚《こうこつ》の境地を思い出したかのように、イサームの瞳が熱く輝いた。「僕たちの相性がいいのは確かだ。それに、僕たちにはマリアムがいる。他の多くの人たちよりもしっかりした結婚の土台がある」それはとても合理的な理由に思えた。「僕は約束を守る男だ」

アヴリルはイサームを信じた。自分がイサームについて知っているすべてが、彼は信じるに足る人物だと語っていた。

「私も約束は守るわ」

「すばらしい。それで……？」

「結婚は名案だけれど、考える時間が欲しいの」

それが聞きたかった言葉ではないだろうが、イサームはアヴリルに決断を迫ろうとはせず、ただうなずいた。「当然だ。だが、君たちがここに長くいればいるほど、情報がもれるリスクは高まる。憶測が飛び交う前に正式な発表をしたい。君と僕たちの娘をゴシップのねたにするようなまねは誰にもさせない」

その言葉を聞き、アヴリルは自分が世間のスポットライトを浴びる新しい世界に足を踏み入れたことを思い知らされた。

イサームが腕時計を見て立ちあがった。「今週中に返事が欲しい」

8

アヴリルは人生最大の決断を下さなければならなくなった。落ち着かないのも無理はない。

ベサニーは今日、アヴリルに一人で外出するよう勧めた。アヴリルは街を散策することも考えたが、結局やめた。今必要なのは、ガイドに案内されるのではなく、一人で歩くことだった。

そこで宮殿の敷地内にある広大な庭園に行ってみようと決めた。歩くことはいつも考えを整理するのに役立つ。

大理石が敷きつめられた広い柱廊《ポルチコ》に立ったアヴリルは、目の前に広がる庭園の美しさに息をのんだ。ポルチコを進んだとき、何かが彼女の注意を引いた。

振り返ると、日陰に集まっている女性たちが目に入った。アヴリルは急いでつばの広い帽子を深くかぶり直し、その場を離れた。注目されたくなかった。ザーダールのマスコミがどのようなものかは知らないが、イギリスでは王の子を産んだ未婚の母親はゴシップの餌食となる。

イサームと結婚しても同じことでは？　王妃にふさわしくないあなたがゴシップにさらされるのは変わらないわ。

でも、結婚しなかったら？　マリアムが半年はここで、半年はロンドンで過ごすとしたら、ロンドンでパパラッチに追いまわされるのをどう防ぐの？

イサームはマリアムに、私が切望している安心感と愛情を与えてくれる。娘はロンドンとザーダールを行き来しながらも愛に飢えることはない。

イサームがマリアムを愛しているのは明白だった。彼が赤ん坊と一緒にいるときに示す喜びや誇らしさはアヴリルの胸を締めつけた。

一時間ほど散歩を楽しんだアヴリルは、澄んだ池を回って宮殿に向かった。もう少しで着くというとき、声が聞こえた。さっきの女性たちはまだ日陰にいた。みんな銀髪か白髪で、歩行器につかまったり車椅子に乗ったりしている。

アヴリルはシーラの年老いた友人たちに囲まれて育ち、彼女たちを敬愛していた。また、年齢による衰えも理解していた。こんな暑さの中、あの老婦人たちはここにいるべきではないのでは？　警戒心もあったが、アヴリルは彼女たちのほうに向かった。

老婦人たちは今日が特別な日であるかのように着飾っていた。多くの人が手で顔をあおぎ、何人かはぐったりしている。誰も飲み物を持っていない。アヴリルは足を止め、乏しいアラビア語の知識を駆使して話しかけた。「こんにちは。喉が渇いていませんか？　飲み物はいかがです？」

ほほえみと好奇心に満ちた視線とともに、口々に挨拶が返ってきた。背が高く、背筋の伸びた一人がうなずき、話しだした。

アヴリルは急いで言った。「ごめんなさい、アラビア語はよくわからなくて。英語は話せますか？」

すると女性がうなずいた。「ええ、話せるわ。お申し出をありがとう。飲み物は大歓迎よ。アラビア語はよくわからないと言うけど、とても上手だわ。宮殿で働いているの？」

宮殿のスタッフは常に完璧に身だしなみを整えているが、今朝マリアムの相手をしたアヴリルのワンピースはしわくちゃで、あまりきれいとは言えなかった。「いいえ、客として来ているんです」

別の女性の目が好奇心で輝いた。「私たちもそうなの。陛下に謁見することになっているんだけれど、予定が少し遅れていて」

だからここで待たされているのだろうか？　炎天

下に放置するのは間違っている。宮殿には快適な部屋がたくさんあるのだから。

アヴリルは不安を笑顔で隠して言った。「すぐに戻りますね」そして両開きのドアへと急いだ。すると、そこにいたスタッフが足早に去っていった。彼女が呼んでも、まるで聞こえないかのように立ちどまらなかった。

これ以上老婦人たちを放ってはおけない。飲み物が必要だけれど、涼しい場所も必要だ。でも、どこに案内しよう？

そのとき、反対方向から長い廊下を進んでくる数人の足音が聞こえた。アヴリルはあわてて分厚いファイルを持っている男性をつかまえた。宮殿を見学しているときに遠くで見かけた人物だ。「ちょっとお願いがあるんです」

「はい、マダム、なんでしょう？」

「十五人ほどのお客さまが快適に座れる部屋が必要なんです。ここにそういう部屋はありますか？」

「それでは、まず要望書を出していただいて――」

「残念ながら、その時間はありません。部屋は今すぐ必要なんです」驚かれるのは承知だが、ぐずぐずしていたらさっきのスタッフのようにこの男性も行ってしまうかもしれないと心配だった。アヴリルは背筋を伸ばし、顎を上げた。「不運な行き違いがあったようで、陛下と謁見するために宮殿を訪れた年配のお客さまたちが暑い外で一時間以上待っています。快適な部屋にお通しして、飲み物を差しあげなくては」男性が口を開いたが、アヴリルは続けた。「食べ物も。それと、一刻も早く会えるよう陛下に報告しなくてはなりません。お願いできますか？」

ありがたいことに、男性は異議を唱える代わりに小さくお辞儀をした。「おまかせください。どうぞこちらへ」そう言うとアヴリルを廊下の先に案内し、ドアを開けた。そこは広々とした豪華な居間だった。

ソファは座り心地がよさそうで、飲み物や食べ物を置くのにぴったりの小さなテーブルもいくつかある。男性が部屋の奥にあるドアを示した。「あそこが化粧室です」

アヴリルはほっとしてほほえんだ。「ありがとうございます。申し分ないわ」

男性のいかめしい顔に笑みが浮かび、印象が一変した。「光栄です。どうぞお客さまをお連れください。陛下にはどなたの手配だと申しあげますか？」

噂《うわさ》になると困ると思い、アヴリルは名前を口にするのを一瞬ためらった。「ミズ・ロジャーズです。ありがとうございました、ミスター――」

しかし、男性はすでに携帯電話を取り出し、急いで立ち去っていた。

十分後、老婦人たちは快適な居間に腰を下ろした。それからしばらくして、メイドたちがぞろぞろと冷たい飲み物やフルーツ、フィンガーフードののった大皿を運んできた。そして、老婦人たちに繊細な刺繍《しし ゅう》が施されたナプキンと軽食を配ってまわった。

「すばらしいおもてなしね」さっきハナ・ビシャラと名乗った背の高い女性が言った。「私ではとてもこんなふうにできなかったわ」

最高の賛辞だった。「ありがとうございます。でも、がんばってくれたのは厨房《ちゅうぼう》のスタッフですわ」

料理からおいしそうな匂いが漂い、アヴリルは朝食を抜いたのを思い出した。イサームが来たら、あるいは彼の代理が来たら、昼食をとりに行こう。胸が張っているから、マリアムにも授乳しなければ。

「あなたにはリーダーシップや行動力があるわ」ハナが続けた。

「いいえ。私はただ手違いがあったことをスタッフに伝え、飲み物と軽食を頼んだだけです」

「あなたがそう言うのなら。ああ、陛下がいらしたわ」

老婦人全員が立ちあがり、イサームにお辞儀をした。その頭越しに彼と目が合ったとたん、アヴリルの体は熱くなり、二人の間に何かが通った気がした。理解と、もっと強力な何かが。

あなたはイサームが義務感からプロポーズしたのではないと信じたいから、二人の間には何かあると思おうとしているのよ。心の声がささやいた。

それでもイサームが部屋を横切って近づいてきたとき、アヴリルは胸の高鳴りを抑えきれなかった。彼のグレーの瞳には炎が宿っているように見えた。

視力検査をしてもらったほうがいいわ。

「陛下」アヴリルのお辞儀はぎこちなかった。「ミズ・ハナ・ビシャラをご紹介します」

イサームがアラビア語で挨拶したあと、英語で続けた。「あなたがたが不快な思いをされたことを心からお詫《わ》びします。スタッフの話ではスケジュールに問題があったようです。しかし、それは言い訳にはなりません。私はあなたがた代表団の訴えに深い関心を抱いています」

「やさしいお言葉をありがとうございます」

「代表団の皆さんをご紹介ください」イサームは他の老婦人たちのほうを向きながら、アヴリルにささやいた。「またあとで話そう」

王の言葉とほほえみは彼女の心を芯から温めた。アヴリルも老婦人たちと別れの挨拶を交わしながらほほえんでいた。

イサームが執務室を出たのは夜遅くだった。すでにぎっしり詰まっていたスケジュールが、昼間の一件で完全に狂ってしまったせいだ。

大変なことになるところだった。もしアヴリルがいなかったら……。

奥歯を噛《か》みしめると、頭に痛みが走った。こういう行き違いが起きたのはこれが初めてではなかった。

恥をかきかねない問題が何度か起きていた。共通していたのは、どのミスもスケジュール管理に原因があったことだ。今日の代表団は高齢者支援の充実を訴えるために宮殿を訪れたが、イサームのスケジュールでは面会は明日となっていた。

イサームはアヴリルのスイートルームのドアをノックした。中からくぐもった声がした。ドアを開けると、別の部屋にいるアヴリルの声が聞こえた。

「すぐに行くわ。今マリアムと一緒にいるの」

娘はまだ起きていたのか？　イサームは気分が明るくなった。常にプレッシャーを抱える彼にとってマリアムは完璧な癒やしだった。

イサームはドアを閉め、居間を横切った。おむつを替えているのだと思っていたが、アヴリルは明らかに授乳を終えたばかりの赤ん坊を見おろしてほほえんでいた。ブラウスの前が開いていて、片方の胸のふくらみがあらわになっている。

イサームは息が詰まりかけた。アヴリルは慈愛に満ちた母親の象徴に見えた。それでいてとてもセクシーだった。イサームは下腹部に血が集まり、渇望が体を貫くのを感じた。

もっとも、日を追うごとに、二人が一夜をともにしたときの記憶がよみがえりつつあることを考えると、不思議でもなんでもなかった。イサームはアヴリルの体の柔らかさや、喜びに満ちた愛撫《あいぶ》や、至福の境地へと導いたときの表情を覚えていた。記憶の中の彼女はまるでイサームがただの男ではなく、英雄であるかのように畏敬をこめて彼を見ていた。その記憶は断片的だったが、本物であってほしかった――。

「イサーム！　ベサニーかと思ったわ」そう言うと、アヴリルがブラウスの前をかき合わせ、頬をピンクに染めた。彼女は愛らしく見えた。いや、それでは正当な評価とは言えない。これほど生き生きとした女性に対してあまりにもありきたりな表現だ。

「あとで話そうと言っただろう」イサームは腕を広げてアヴリルに近づいた。「君がブラウスのボタンを留めている間、マリアムを預かろう」

アヴリルがうなずき、イサームはやさしく赤ん坊を抱き取った。二人の間にできた娘という驚異に打たれずにはいられなかった。だが、腕が触れ合ったとたんアヴリルがたじろいだせいで、彼の喜びは半減した。ベッドをともにしたときとは大違いだ。

イサームは親密さを取り戻したいと願った。しかし今は、アヴリルを説得して結婚することのほうが重要だった。彼はマリアムの長いまつげに縁取られた瞳を見おろしてほほえみ、アヴリルが身繕いできるよう背を向けた。マリアムの手に触れると、小さな指が彼の人差し指を包んだ。

イサームのすべてがとろけた。彼がこの一年で築いた心の壁が残らず崩れた。

父親を亡くした悲しみや記憶を失った虚無感に耐えるために、イサームは心に壁を築いていた。記憶を失うとは、それとともに自分自身の本質的な部分を失うような感覚だった。しかし、娘の驚くほど強い握力を感じ、自らのあふれる愛を経験することで、ばらばらになっていた自分が再び一つになった気がした。

アヴリルへの切望も同様だった。この一年でイサームは初めて女性を欲しいと思った。ただ欲しかったのではない。渇望していた。それは肉体的な飢えだったが、イサームは本能的に、彼女が再び自分を完全なものにしてくれると信じていた。アヴリルと再会してから、脳裏には記憶が断片的によみがえりつつあった。

「何を歌っているの？」

イサームが振り向くと、ブラウスのボタンを留めたアヴリルがすぐ近くにいた。「ただの子守り歌だよ。妹のためによく歌ったんだ」

「妹さんを大事に思っていたのね？」

　もちろんそうだ。そのとき、イサームはアヴリルの言いたいことに気づいた。「母は妹を産んで亡くなった。十一歳だった僕に父は言った。ヌールの世話をするのは養育係《ナニー》だが、妹が家族の一員として愛されていると知ることが何より大切だと」自分の声がざらついているのがわかり、彼は言葉を切った。妹はずいぶん前に亡くなったが、それでもときどき悲しみが鮮明によみがえる。

　アヴリルがイサームの袖に触れ、そこからぬくもりが広がった。「幼い妹さんを亡くすなんて、どんな気持ちか想像もできないわ」イサームが黙ってうなずくと、彼女は淡々と続けた。「私は独りっ子なの。今は母親違いのきょうだいがいるけど」

「仲よくしていないのかい？」

　アヴリルは唇をゆがめた。「会ったこともないわ。私が十代前半のとき、父はカナダ人と結婚して向こうに移住したの。父の新しい奥さんにも子供たちにも会ったことはないわ」

　アヴリルの心境を思い、イサームは憤った。「お父さんは君を連れていかなかったのか？　大伯母さんに預けっぱなしで？」

　アヴリルが肩をすくめた。「もともと父はあまり家にいなかったの。出張が多くて」

　腕の中で娘がもぞもぞと体を動かしたので、イサームは強く抱きすぎているのに気づいた。「君は一緒に行きたくなかったのか？」

　娘を捨てるなんて、どういう男なんだ？

　アヴリルがあくびをしているマリアムを彼の腕から抱き取り、ベビーベッドに寝かせた。「そのころには父とはあまり親しくなくなっていたのよ」

　イサームは彼女の父親について辛辣な意見を言いたいのをこらえた。「お母さんは？」

イサームが受け取った簡単な報告書はアヴリルの職歴に関するもので、家族関係の記載はなかった。

「母はずいぶん前に亡くなったわ」イサームが同情を示す前にアヴリルが言葉を継いだ。「大丈夫よ。私は小さかったから、母のことはほとんど覚えていないの。母は誰かと一緒になるために家を出て、数年後に事故で命を落としたの」

イサームはアヴリルを抱き寄せて痛みをやわらげてやりたいと思ったが、本能的にためらった。彼女の表情が同情を拒んでいたからだ。

「どうりで君は自立した有能な女性なわけだ」そう言いながらアヴリルを居間へ促し、それぞれ椅子に座った。

「そう思ってくれてうれしいわ」

「ここ数日、記憶が断片的に戻ってきているんだ。あの週、僕はロンドンに行き、僕たちはスイートルームの会議室で面談をしていた」

アヴリルがうなずいた。「他に何か覚えている?」

実は、イサームが最もはっきりと覚えているのはあの夜の親密な一体感とエロチックな高揚感だった。アヴリルをきつく抱きしめたことを思い出すと、彼女が欲しくてたまらなくなった。愛撫と甘いささやきの記憶は海の精セイレーンのように彼を誘惑した。

ベッドの外でしたことに集中したほうがいい。

「いくつか思い出した。ドラッカーという男の面談をしたんじゃなかったか?」

「そのとおりよ」

「君は彼を雇うことに反対だった」

「覚えているのはそれだけ?」

「断片しか思い出せない」二人がベッドをともにした経緯は覚えていないが、そのときの喜びは覚えている。ただ、アヴリルが否定したにもかかわらず、イサームはいまだに彼女を利用して楽しんだのではないかと疑っていた。「だが、今日は君のおかげでの文化や言葉を知ってほしかったから」

　意外な言葉だった。「僕に捨てられたと思っていたのに？」

　アヴリルが目をそらした。「だからこそよ。娘が父親を当てにできないのなら、私が教えるしかないと思ったの」

　それに、アヴリルはイギリスでもザーダールでも通用する名前を娘につけた。しばらくの間、イサームは黙っていた。彼女の寛大さ、子供の人生をできるだけ豊かなものにしようとする決意に畏敬の念がわきあがった。

「君が学ぶのを手伝うよ。家庭教師をつけてもいいが、僕が手ほどきする」

「ここにいる間はね」

　イサームははっとした。これはイギリスに帰りたいという意思表示だろうか。僕は結婚するつもりで彼女をここへ連れてきたのに。


助かった」

「今日？」

「まずい事態になりかねなかったところを、君は迅速かつ見事に対処してくれた。感謝しているよ」

　アヴリルの頬の赤みが濃くなり、瞳がうれしそうに輝いた。イサームは彼女が語った家族の話を思い出した。愛してくれるはずの人たちから見捨てられて、何かを達成することに自分の価値を見いだしているのだろうか？

「誰だって同じことをしたはずよ」

　イサームは首を横に振った。「そうとは限らない。君はあの女性たちに大切に扱われていると感じさせた。それこそ真の配慮だよ。彼女たちは君を称賛していた。アラビア語で挨拶したそうじゃないか。いつ習ったんだ？」

「基本的なフレーズしか知らないわ。ただ、マリアムのために少し勉強していたの。あの子にはあなた当初はアヴリルを后《きさき》にするのは困難に思えたが、彼女には后にふさわしい美点があった。心がやさしいだけでなく、分別があり、気配りができる。今日も王族に劣らぬ落ち着きを持ってすばやく正しい判断を下した。僕がアヴリルをアシスタントとして雇ったのも当然だ。彼女は娘のために最善を尽くすと決めているし、いったん結婚すれば、忠実で協力的な伴侶になるに違いない。ベッドでは、これ以上相性のいい女性はいないだろう。

アヴリルが欲しくてたまらない。彼女は僕がパートナーに望むすべてを持っている。それに、他の女性との結婚話にこれほど熱意を感じたことはなかったはずだ。

「それで」イサームは言った。「僕がここに来たのは君の返事を聞くためだ。今週末には婚約を発表したい。君が同意してくれるなら」彼は言葉を切り、アヴリルのこわばった顔を見た。多くの女性は王妃になるチャンスに飛びつくだろうが、彼女は違う。「赤ちゃんを産むのと、お后になるのはまったく別のことよ」

「大変なのはわかっているが、君ならできる。后であるとは、王国のために責務を果たし、民の利益を最優先にすることだ。今日、君はそれを実践した。それもごく自然に」

しかし、アヴリルは納得していないようすだった。「アシスタントの仕事なら慣れているわ。でも、采配をふるうのは無理よ」

イサームの口から笑い声がもれた。「いや、君は立派に采配をふるったよ。この王国の長老の一人にためらいもなく指図したんだから」

アヴリルの目が丸くなった。「なんですって？飲み物や軽食の手配をしてくれた人のこと？」

イサームは笑顔を見せた。「そうだ。彼はこの国でも指折りの名家の当主でもある」

アヴリルは初めて言葉を失ったようだった。

「実際、彼は君に外交チームに加わってもらえないかと打診してきたよ」

うれしいことにアヴリルがくすくす笑い、イサームは一緒に仕事をしていたときによく冗談を言い合ったことを思い出した。「彼が気を悪くしなくてよかったわ。私が助けを求めたとき、別のスタッフはそっぽを向いたから、彼が聞く耳を持ってくれるかどうか確信が持てなかったの」

「別のスタッフ？　どんな人物だった？」

「私と同じくらいの背丈で、細身で、髭《ひげ》を生やしていたわ。私が外に出たときも戻ってきたときも、ドアの近くをうろうろしていたの。私が呼びかけたのが聞こえたはずなのに、足早に立ち去ったわ」

イサームはあとで役立ちそうなその情報を記憶に刻みこんだ。

「君はすばらしい王妃になるだろう。今はもっと重要な問題がある。それに、僕はいつも君のそばにいる」

「でも、私はこの国のことも習慣も知らない――」

「イギリス人の祖母もそうだった。だが、祖母は幸せだったし、家族だけでなく民からも愛されていた。僕が提供できる富とは別に、君はここで目的を持ち、生きがいのある人生を送ることができる。僕たちは家族になって、娘のために安全な世界を築くんだ。愛情に満ちた家庭――それが君の望みだろう？」アヴリルは答えない。「どうする、アヴリル？」

アヴリルがなかなか口を開かず、イサームの心臓は早鐘を打ちだした。彼女は拒めないはずだ！

ようやくアヴリルがうなずいたが、笑顔を見せることはなかった。「わかったわ。結婚しましょう」

ずにはいられない。

「すばらしい」イサームは心の乱れを抑え、冷静な口調を保って言った。「一緒に堅実な結婚生活を送り、娘のためによりよい未来を築こう」

「そう願っているわ」

大喜びとは言いがたい。イサームはアヴリルの熱意のなさにいらだちを覚えた。

いや、僕は勘違いなどしていない。アヴリルは確かに僕を求めていたし、僕は彼女にとって最初の、そして唯一の相手だ。それを利用しない手はない。だが、今は違う。アヴリルには時間が必要だ。

今夜も冷たいシャワーを浴びるはめになりそうだ。アヴリルの深刻な表情を見て、イサームの喜びは吹き飛んだ。彼女は自分が正しい決断をしたのかどうか確信が持てないようすだった。

それに、アヴリルは僕が直面している問題の半分も知らない。もしハーフィズが僕を陥れようとしていたら、なんだ？　これは恋愛ではない。

9

安堵《あんど》のあまり、イサームは一瞬、頭がくらくらした。

アヴリルの同意はマリアムの将来を保証する。だが、これは娘だけの問題ではなかった。イサームはアヴリルが欲しかった。子供の母親としてだけではない。ベッドのパートナーとしてだけでもない。

だったら、なんだ？　これは恋愛ではない。

イサームは深くは考えまいとした。感情にとらわれている暇はない。それに、これまで愛した人はすべて奪われてしまった。また誰かに心を開き、これ以上の悲しみを味わう危険は冒したくない。

マリアムは別だ。自分の血を引く小さな娘は愛さいるのを知っていたら、彼女は結婚に同意しただろうか？　それとも尻込みしただろうか？

イサームはその考えを振り払い、起こってはならない未来を心配するのを拒んだ。僕を罠《わな》にかける陰謀は必ず暴いてみせる。

摂政となって権力に味をしめたハーフィズは、イサームの頭の怪我《けが》が判断力と人格に致命的な影響を与えていると人々に信じこませようと卑劣な手を尽くしていた。今日の手違いもその一つだ。しかし、それは阻止された。

「今日は大変な一日だったから、疲れているだろう。詳しくは明日話すが、数日中に婚約を発表するつもりだ」

アヴリルがまるで電線に触れたかのように飛びあがった。「数日中！」

イサームはアヴリルの温かい茶色の瞳に散る金色の斑点を見つめた。彼女は魅力的だった。

「君が憶測の的になる前に僕たちの婚約を公にしたほうがいい」

アヴリルは納得したようすではなかった。彼女は僕の財産にも権力にも、王妃になることにもまるで興味がないらしい。イサームはほほえんだ。僕は若いころの傲慢さを戒められているのだろう。あのころはおおぜいの女性に追いまわされ、いい気になっていた。彼女たちは僕の財産と権力に目がくらんでいたにすぎないのに。

「婚約を発表してしまえば、結婚式の準備はゆっくりすればいい。時間はたっぷりある」

問題は、イサームがそんなに長く待てるかどうかだった。

二日後、アヴリルは居間の中央に立ち、二人のお針子が新しいドレスをチェックしていた。真紅のサテンで作られたその一点物のドレスは、動きに合わせて深いアメジスト色の光沢を放つ。彼女はマリアムを膝にのせてにこにこしているベサニーから、部屋に持ちこまれた巨大な金縁の鏡に目を移した。

そこに映る女性はアヴリル・ロジャーズにほんの少ししか似ていなかった。プロがセットした髪は驚くほどエレガントで、同じくプロによるメイクは、ドレスの色に合わせた真紅の口紅以外は控えめだった。それでも瞳が強調され、美しい。

アヴリルは今まで自分を美しいと感じたことがなかった。しかし、今は見違えるほど美しい。

ドレスは七分袖で、襟ぐりはV字形に大きく開き、驚くほど細いウエストを際立たせている。腰から下はドレープを描いて、動くたびに揺れる生地がイサームの愛撫《あいぶ》を思い出させた。

またイサームのことを考えている。やめなさい。

アヴリルは唇を噛《か》みしめた。イサームは私を思い出しはじめてはいるけれど、二人が親密な関係だったことは覚えていない。覚えているのは私がアシスタントだったことだけだ。

その事実は、イサームの人生において私がさして重要な存在ではないことを意味しているのではないだろうか？

答えはわかっている。私は一夜の恋人以上の存在ではなかった。当時もそれを承知していたけれど、そんなことはどうでもいいと自分に言い聞かせていた。でも、今はそれが気にかかる。

アヴリルは先日、イサームがプロポーズの返事を聞きに来たときに口にした言葉をすべて覚えていた。彼はアシスタントにふさわしい私の頭の回転の速さや現実主義をほめた。それは王妃にふさわしい素質でもある。でも、私が欲しいとは一言も言わなかった。私への個人的な感情はまったく口にしなかった。

いつになったら理解するの？　あなたたちの間には個人的な感情なんて存在しない。彼は義務としてあなたと結婚するのよ。マリアムのために。
それで十分じゃないの。
お針子たちが後ろに下がり、銀髪のデザイナーが
ようやくうなずいた。「仕上がりました。お気に召
していただけましたか?」
「ええ。こんなふうに見えるなんて思ってもみなか
った……」アヴリルはかぶりを振った。
デザイナーが初めてほほえんだ。「私はファッシ
ヨンに関して男性の意見に耳を傾けることはめった
にありませんが、陛下のご意見は的確でした。今回
は西洋風のドレスがいいとおっしゃったんです」
「イサームがそう言ったんですか?」ささいなこと
だが、アヴリルは心が温かくなった。
そのときノックの音が聞こえ、メイドがドアを開
けると、白い長衣に身を包んだイサームが入ってき
た。王家の権威の象徴である古めかしい重厚な金の
指輪をはめている。

女性たちがお辞儀をし、ベサニーに続いて別のド
アから出ていった。アヴリルは今日婚約することに
なる男性から視線をそらせなかった。
イサームの目が大きく見開かれ、アヴリルを頭か
ら爪先までじっくり眺めたあと、ゆっくりと顔に視
線を戻した。
アヴリルの体がうずいた。うなじがこわばり、胸
の先が真新しいサテンのブラジャーを押しあげる。
下腹部が熱を帯び、筋肉が震えて、まるで二人で過
ごした夜が再現されたかのようだった。
イサームが近づいた。アヴリルは彼の肌から漂う
柑橘《かんきつ》系の香りをかぎ、髭《ひげ》を剃《そ》ったばかりの角張った
顎に見とれた。
「きれいだ」
イサームの声はハスキーで、アヴリルを過去へと
引き戻し、彼が唇や手だけでなく、称賛や誘惑の言
葉でも刺激を与えたことを思い出させた。

「ありがとう、イサーム。あなたもすてきよ」

公式の写真撮影を前にして、アヴリルは自制心を取り戻さなければならなかった。二人の写真がザーダールだけでなく世界じゅうに注目されることを思うと、気が重くなる。若くして王となったイサームはハンサムで才覚にあふれ、悲劇に見舞われた過去を持つ。そんな彼に花嫁として選ばれた女性を見て、世界は騒然となるだろう。

アヴリルは恐ろしくなった。イサームと結婚できるなんて思った私は愚かだったのだろうか？

「どうしたんだ、アヴリル？」

恐怖を味わいながら、アヴリルは唾をのみこんだ。

「なぜうまくいくと思えるの？　私は――」

イサームが二人の指をからませてアヴリルを引き寄せた。マリアムを身ごもった夜以来、二人がこれほど接近したのは初めてだった。あの夜イサームは彼女に、想像もしなかった歓喜の世界を教えたのだ。

「僕たちが力を合わせればきっとうまくいく」イサームのグレーの瞳は魅惑的で、水銀のように輝いていた。「君はマリアムが必要とし、慕う母親だ。君にはすぐれた能力があり、思いやりがある。それだけで十分だ」

イサームの視線の強さに、彼が自分を求めているのは純粋に現実的な理由からだとは思えなくなった。

彼の熱いまなざし、あの夜と同じハスキーな声、心を揺さぶる言葉――それらすべてがアヴリルの疑念を払い、希望を抱かせた。

そのとき、指に何か冷たいものが触れ、アヴリルが目をやると、イサームが指輪をはめていた。

アヴリルは息をのんだ。金の台座は太く、彼女の第一関節まで届くほどで、ルビーと思われる巨大な真紅の石がまばゆい光を放っていた。アヴリルはまばたきをして、繊細な花や鳥の細工をよく見ようとした。こんなものは見たことがない。

それは王妃のための指輪だった。とてつもない富と何世代にもわたる伝統を物語る象徴的な代物だ。

ひるんでいるの？

「君の国では婚約指輪は花嫁が選ぶことが多いだろうが、僕の国では、婚約指輪はたいてい花婿の家の家宝なんだ。気に入ってくれるといいんだが」

アヴリルは自分が身につけているものの壮麗さと美しさに震え、唾をのみこんだ。そして、指にぴったりなことと、ドレスに完璧にマッチしていることに気づいた。彼が早々に手配したのだろうか？

「とてもゴージャスね。私には……」

「祖母の指輪なんだ。外国から嫁いだもう一人の花嫁のものを身につけてほしくてね。祖母はザーダールで幸せに暮らした。君もそうなってほしい」

アヴリルはうなずいた。「ありがとう。私のことを考えてくれたのね。これを身につけられるなんて光栄だわ」

ノックの音がしてドアが開き、声がした。「お時間です、陛下」

イサームはアヴリルから目を離さなかった。「時間だ。まず写真を撮り、それから僕が君を王妃に望んでいると世界に伝える」

アヴリルがさらに緊張する間もなく、イサームは彼女をドアへと導いた。

写真撮影はカメラマンが一人とそのアシスタントがいるだけで、アヴリルが予想していたほど大変ではなかった。唯一の問題は、合図に合わせて笑顔を作ることだった。

イサームの言葉にアヴリルは動揺していた。彼の自信に満ちた態度はありがたかったが、熱を帯びたまなざしで君を王妃に望んでいると言ったときには、肌から湯気が立ちそうになった。

自分がイサームを求めているのと同じく、彼も自分を求めてくれているのだと思った。

イサームはアヴリルの中にある愚かな切望を呼び覚ました。彼がマリアムのために結婚するのはわかっている。結婚が最も手っ取り早い解決策なのだから。なのに、なぜ私を熱っぽく見つめるのだろう？

イサームが育児に疲れた母親に欲望を抱くとは思えない。それが私の不安を払拭するための作戦でない限り。

アヴリルはいらだちを覚え、顎を上げた。

「完璧だ」カメラマンがつぶやいた。「まさに完璧だ」

カメラマンの向こうで動きがあった。ベサニーが見慣れないクリーム色とゴールドのドレスを着たマリアムを抱いて入ってくるのを見て、アヴリルは驚いた。

イサームがアヴリルのそばから離れ、娘を抱き取った。彼が振り返ったとき、アヴリルの心臓は一瞬鼓動を忘れた。マリアムが大きな瞳で父親を見あげてほほえみ、イサームは娘を包みこむように抱きながら、やさしい表情を浮かべている。

アヴリルは自分の気持ちがなごんでいるのに気づき、まばたきをした。二人の結婚が簡単なものだとは思っていないけれど、マリアムにとっては正しいことだ。愛情深い両親のもとで育つのだから。

「マリアムも加わるべきだと思ったんだ」イサームが言った。「公にするためではなく、僕たちのために」

アヴリルは彼の心遣いに胸を締めつけられながらうなずいた。今日の写真は、後年マリアムの宝物になるだろう。

カメラに向かってほほえむのは簡単だった。イサームはアヴリルにマリアムを抱かせ、自分はそばに立って娘に手を差し出した。アヴリルは娘が楽しそうにしているのを見て、喜びがこみあげてくるのを感じた。

そう、これよ。

二人は状況に迫られて一緒になるのかもしれないけれど、マリアムへの愛で結ばれた家族としてうまくやっていけるだろう。

私たちならきっとできる。

イサームはアヴリルを宮殿の反対側にある大広間へと案内した。

自分は緊張しているのだろうかと、アヴリルは思った。廊下が広くなり、置かれた調度品がいっそう豪華なものに変わっていく。自分が将来の王妃としておおぜいのVIPに紹介されると考えると、心臓が喉までせりあがった。イサームの落ち着いた態度さえも、ざわつく胃を静めることはできなかった。

「ささやかなパーティだ。大丈夫だよ」イサームがささやき、アヴリルの手を強く握りしめた。「年配者たちが陳情に来たと思えばいい」

「本当にそうならいいのに」アヴリルが横を向くと、イサームの励ますような笑顔があった。

彼は私の気を楽にするためにできる限りのことをしている。

私が欲しいと嘘《うそ》をつくことさえもする？

スタッフが彫刻の施された巨大なドアを開けると、そこは美しい花畑のような壁に囲まれた広大な部屋だった。金色の高い天井からはきらめくシャンデリアがずらりと列をなしてつるされている。そしてその下には、お辞儀をしているおおぜいの人々がいた。

「ささやかなパーティですって？」アヴリルはドア口でとまどいがちにささやいた。

「たった二百人だ。王家の水準からすればささやかだよ」イサームがいたずらっぽく笑った。「ありのままの君でいればいいんだ」そしてアヴリルを人々のほうへ連れていった。

アヴリルは好奇のまなざしで品定めするように見られているのに気づいた。

年配の男性がシルバーのドレスに身を包んだ若い女性のほうに早足で向かった。男性の険しい表情と手ぶりを交えて女性に話しかける切迫した雰囲気がアヴリルは気になった。男性の鋭い視線がイサームにすえられていることにも不安をかきたてられた。

アヴリルの横を歩くイサームが体を硬くするのがわかったが、歩調は乱れなかった。

誰かが演壇に上がった。アヴリルはすぐに、以前老婦人たちのために部屋と飲み物を提供するのに手を貸してくれた長老だとわかった。

長老のスピーチは短く、群衆が熱狂的な拍手でたたえた。それから彼はおそらくアヴリルのために今度は英語に切り替え、王とアヴリル・ロジャーズの婚約を発表した。さらに驚いたことに、二人の間に娘が生まれたこと、母子は結婚式に先立ち宮殿で暮らしていることをつけ加えた。そして、二人の幸せを祈って話を締めくくった。

再び拍手がわき起こり、人々が二人のほうに押し寄せてきた。アヴリルは一瞬、圧倒されて頭がくらくらしたが、イサームが彼女の手を握り、一緒に乗りきろうとささやいた。不思議なことに、アヴリルの緊張はあっさり解けた。

そのとき、さっきの男性が出口に向かうのが見えたが、祝福を述べる人たちに視界をさえぎられた。

誰もが婚約を心から喜んでいるようだった。結婚する前に子供を産んだ外国人の花嫁は歓迎されないとアヴリルは思っていたが、おそらくザーダール人は礼儀を重んじて不賛成の態度を示さないのだろう。

そのとき、見覚えのある人物が現れた。ハナ・ビシャラだ。

ハナはまずイサームに、次にアヴリルにお辞儀をした。「ご婚約、心よりお喜び申しあげます。陛下はすばらしい花嫁をお選びになりました」

「またお会いできてうれしいわ、ハナ」

老婦人の顔に笑みが広がった。「私の名前を覚えていてくれたの？」

アヴリルはほほえみ返した。「あなたは私が最初にアラビア語で話しかけた人よ。私の発音に顔をしかめることもなく、ほめてくれたわ」

ハナが笑った。「あなたの発音はすばらしかったわ。また会って、お話ししましょう」

ハナの温かい人柄がアヴリルの不安を静めた。

「ありがとう。うれしいわ」

「私も楽しみよ。でも、今はもう行かないと。他にも順番を待っている人たちがたくさんいるから」

アヴリルには二百人をはるかに超えているように思えたが、ハナとの短い交流が必要な力を与えてくれた。それに、みんな親しげだった。その笑顔の裏にショックや疑念が隠されていたとしても驚かないが、それでもうれしかった。

振り返ると、シルバーのドレスを着た女性がイサームにお辞儀をしていた。彼女はさっき突然出ていった男性と一緒にいたはずだ。典型的な美人ではないが存在感があり、優雅で自信に満ちていて、アヴリルはうらやましく思った。

その女性がイサームに話しかけ、次に英語でアヴリルに祝福を伝えたとき、周囲の会話が一瞬とぎれた気がした。ただの思い過ごしだろうか。

そのあとはすべてがスムーズに進んだ。温かい歓迎とハナの励ましに後押しされ、アヴリルは基礎的なアラビア語を使って感謝の言葉を述べた。その結果、さらに人々の笑顔がふえた。アヴリルの横に立つイサームは誇らしげだった。

「よくやってくれた、アヴリル」パーティが終わったあと、二人で宮殿内の私室へ向かいながらイサームが言った。「ありがとう」

アヴリルは肩をすくめた。「あなたの言うとおりだったわ。私は私でいればよかった」それでも彼女はマラソンをしたような気分だった。だが、イサームがそばにいて緊張をほぐしてくれたことが大きな助けになったのだ。

この先も今夜のようにうまくいくとは思っていなかったが、自分の力を発揮できたのはうれしかった。実際、仕事がうまくいったときにいつも感じる興奮に近いものを感じていた。疲れるどころか、かえって元気づけられた気がした。

衝動的にイサームを自分のスイートルームに招き入れたのも、その高揚感のせいだった。まだ眠る気にはなれなかった。彼に立ち去ってほしくなかったというわけではない。決して。

アヴリルは自分と同じ高揚を感じているかのように部屋の中を歩きまわるイサームを見つめた。

「なぜマリアムの存在を公にしたの？　あなたに子供がいたなんて、みんなショックを受けるのに。婚約を発表するだけかと思っていたわ」

イサームがこちらを向いた。隅に置かれたランプが彼の厳しくも美しい顔に光と影を投げかけている。

「発表を小出しにしたほうがよかったというのかい？　僕たちに娘がいるのは喜ばしいことなのに」

イサームの言葉に、アヴリルは自分でも気づかなかった感情をかきたてられた。

母親や父親にとって自分が大切な存在でなかったから？　それが結婚に同意した本当の理由？　イサームが明らかにマリアムを彼の世界の中心に置こうとしているからなの？

「でもあの子は、結婚する前に生まれたのよ」

イサームが眉根を寄せた。「ザーダールでは、婚外子に対して否定的な見方はしない。ここではマリアムは歓迎されるだろう」そう言うとほほえんだ。

「それに、マリアムの存在は僕たちが子供を持てることを証明している。王の重要な役割の一つは、国の繁栄のために後継者をもうけることだ」

アヴリルは腕組みをした。「人々が私に好意を抱くのは、子供が産めるからだということ？」

イサームが近づいてきた。「それは悪いことではないだろう？　父の早すぎる死や僕の大怪我は人々にショックを与えた。国の未来や王制の存続に不安を抱かせたんだ。だが今夜、君は王妃に必要な気品と強さを見せてくれた。人々は君に敬意を持っている。君をよく知れば、さらに尊敬し、僕の選択を認めてくれるだろう」

イサームはまた私をほめ、まるで子供の母親以上の存在として求めているかのような熱いまなざしで見ている。

アヴリルは一歩下がり、顎を上げた。「そう。でも、私はあなたに演技をしてほしくないの」

アヴリルはこの結婚を本物にすることを受け入れ、ひそかにイサームとベッドをともにするのを楽しみにしていた。ただ、自分の自尊心を守るために彼の見え透いた嘘を聞き流すつもりはなかった。

「演技？」

アヴリルは組み合わせた自分の手を見おろした。

「あなたがマリアムのためにしてくれていること、私たちの関係を堅固にするためにしてくれていることには感謝しているわ。でも、私を求めているふりはしないで。私たちが一緒になるのはマリアムのためなんですもの」

言いおえると、沈黙が広がった。アヴリルが耐えられなくなって顔を上げたとき、イサームは奇妙な表情を浮かべていた。

「君の言うとおりだ。僕たちはマリアムのために一緒になる。そうでなければ、僕はザーダールの女性と政略結婚していただろう」

「それは受け入れがたいことではないの？　結婚と

は――」

「愛のためにするもの？」イサームの眉が上がった。

「僕の祖父母はそうだったが、あれは例外だ。ザーダールの王族の結婚は政治的な配慮によって決まる」よく知らない相手との結婚をまるで気にしていないかのように、彼は淡々と言った。

しかし、二人の結婚も本質的には同じだった。アヴリルにとって、愛以外の理由で結婚するのは間違っているというのに。

イサームが二人の距離を縮め、アヴリルの手を取った。「だが、僕は君が欲しいんだ、アヴリル」

10

金色の斑点が散る茶色の瞳をのぞきこんだイサームは、自制心がきかなくなるのを感じた。

アヴリルは僕が彼女を求めていないと思っているのか？

イサームはアヴリルをせかすようなまねはしたくなかったが、自分の熱い夢想は見抜かれていると思っていた。だが、無垢《むく》な彼女はサインを読み取るのに長《た》けていないのかもしれない。

彼はアヴリルに腕を回して引き寄せた。体が触れ合うと、口からため息がもれた。

服を着たアヴリルを抱きしめるだけで、イサームは満足感に震えた。この女性の何がそうさせるのだろう？　彼女は僕の中に、これまで知り合ったどの女性にもできなかった強い欲求をかきたてる。

アヴリルが両手を彼の胸に押しつけ、頭を後ろに倒して視線を合わせた。「本当に私が欲しいの？」

「もちろんだ。ロンドンで僕はあらゆるルールを破って君を手に入れた。君がザーダールに来てからは毎日冷たいシャワーを浴びている。ただ、君に時間を与えたかったんだ」

「でも、あなたは何も言わなかったわ」

イサームは顔をしかめた。パーティの前にアヴリルが欲しいと伝えたつもりだった。だが、初めて二人で公に姿を見せることに緊張している彼女を支えるのに集中していたから、もしかしたら明確には伝わっていなかったのかもしれない。

「今言おう。僕は君に夢中だ。どれほど夢中か、これから見せよう」

イサームはアヴリルを抱きあげて寝室へ向かった。


ベッドに横たえながら、驚きと熱望が入りまじった表情を浮かべているアヴリルにほほえみかけると、ついさっき疑念を口にしたにもかかわらず、彼女は抗議しなかった。長い一日の心配事がまたたく間に消え去った。

イサームはアヴリルのなめらかな肌から、サテンが引きたてている女らしい曲線まで、すべてをじっくりと観察したかった。ロンドンで再会して以来、ずっと衝動と闘ってきたのだ。

ヘッドスカーフをはずして靴を脱ぐと、ベッドに上がり、宝石がちりばめられたアヴリルのサンダルに手を伸ばした。すばやくストラップをはずし、投げ捨てる。そして足の甲をなぞり、可憐《かれん》な爪先から優雅な土踏まず、細い足首へと指をすべらせた。

アヴリルが敏感に反応するため、イサームは彼女の体を撫《な》であげる前に愛撫《あいぶ》の手をいったん止めた。

それからアヴリルの踵《かかと》を自分の腿にのせ、足をマッサージした。彼女の緊張はほとんど瞬時に解けた。アヴリルのもらす低いうめき声は最高にエロチックな音楽だった。

以前アヴリルがクライマックスに達したときに自分の名前を呼んだことをイサームは思い出した。その記憶は鮮明で、いっそう興奮をかきたてた。

イサームはアヴリルの足をベッドに下ろすと、もう一方のサンダルを脱がせ、またマッサージした。服を着たまま彼の前に横たわるアヴリルがじれたように身もだえする。

すでに高ぶっていたイサームの体を熱いものが貫いた。彼は今すぐアヴリルが欲しかった。だが、時間をかけたほうがいいのはわかっていた。

アヴリルのドレスを途中までまくりあげたところで、イサームは我慢できずにふくらはぎに唇を押しつけ、舌でなぞった。

「イサーム！」アヴリルの声はかすれていて、彼の下腹部をうずかせた。

イサームが顔を上げると、彼女は肘をつき、情熱に輝く目でこちらを見ていた。

「まだだよ」イサームはアヴリルが欲しくてたまらなかったが、その前に彼女の中に自分しか満たすことのできない強烈な欲求を植えつけたかった。アヴリルに自分だけを求めさせるために。

二人のなれそめをすべて思い出せなかったからか？　その記憶の空白が僕を弱気にさせたからか？

アヴリルは結婚に同意したが、イサームは彼女がまだ自分の決断に疑念を抱いているのを知っていた。だからアヴリルに決断は正しいと確信させなければならなかった。

セックスは二人の絆《きずな》を強める役に立つはずだ。義務と欲望が一致するのは、なんと喜ばしいことだろう。

おまえはこれを義務と呼ぶのか？　アヴリルから

離れようにも離れられないくせに。

イサームはドレスをさらに押しあげ、アヴリルのなめらかな腿に触れた。指を白いレースのショーツにすべりこませ、引きおろす。一瞬ののち、ショーツはサンダルの上に落ち、イサームは彼女の脚の間にひざまずいた。

アヴリルは美しかった。上半身の豪華なドレスと一糸まとわぬ下半身のコントラストは興奮をさらにあおり、イサームはめまいがしそうだった。まるでティーンエイジャーのように自制心の糸が切れそうだった。

だが、我を失うわけにはいかなかった。イサームは自分が快楽を得る前にアヴリルに快楽をもたらしたかった。

ゆっくりと腿から腰へと手をすべらせると、アヴリルが彼の愛撫を求めて身をよじった。

「もう少しだ」イサームはアヴリルの脚を広げ、頭を下げた。最も敏感な箇所を唇でとらえたとたん、彼女の全身が震えた。

アヴリルはあえぎ、イサームを抱き寄せた。まるで彼に離れる意思があるかのように。ありえない！　蜂蜜を思わせる香りと味、そして興奮に包みこまれ、イサームは飽くことを知らず愛撫を続けた。

アヴリルをできるだけ長く至福の瀬戸際にとどまらせたかった。しかし、結局イサームは自分自身の欲求に勝てず、快感を長引かせる代わりに唇と手を使って彼女を駆りたてた。歓喜の頂点に達したアヴリルは何度もイサームの名を叫び、彼を引き寄せて、脚をからませた。

イサームはアヴリルに快感を与える純粋な喜びにひたった。彼女を腕の中に包みこみ、髪を撫でながら、歓喜と独占欲を同時に感じていた。

アヴリルが目を開けると、瞳は茶色ではなく金色に輝き、イサームは自分の中の何かが柔らかく溶けていくのを感じた。

彼はアヴリルに何度もこんなふうに自分を見てほしかった。飽きることは決してないだろう。

そのとき、泣き叫ぶ声が夜気を引き裂いた。

イサームはまばたきをした。アヴリルと自分のことしか頭になく、その声を聞き分けるのに数秒かかった。まるで二人以外には誰も存在していないかのようだった。

泣き声がさらに大きくなった。

アヴリルが体を起こした。「マリアムだわ」

イサームはしばしすばらしい感覚の名残にひたり、それからベッドを下りて、泣き声のするほうへ向かった。

常夜灯がともり、子供部屋を心地よく照らしていた。ベビーベッドの中の赤ん坊が顎を震わせ、涙に濡《ぬ》れた目で父親を見あげた。再び泣きだす前に、イサームは娘を抱きあげ、やさしく揺すった。だが、マリアムは泣きやまず、彼の上質なローブに口を押しつけた。

「すまないが、僕にはお乳はやれないんだ」

だが、アヴリルのところへ連れていく前におむつを替え、着替えさせることはできる。イサームがマリアムを抱いて寝室に戻ると、アヴリルもローブに着替えていた。顔を紅潮させた彼女は愛らしく見えた。さっき二人がしたことを思って恥ずかしがっているのだろうか？　後悔しているのか？

アヴリルが娘からイサームへと視線を移し、ほほえむと、彼の胸は高鳴った。

「ありがとう、イサーム。こうなることはわかっていたのに」

「ベサニーはどうしているんだ？」

「夜は自分で面倒を見ると言ったのよ」アヴリルが肩をすくめた。「彼女は四六時中働いているから、休んで当然だと思ったの。それに、私はプライバシーを大事にしたいから、夜は彼女の部屋に通じるドアを閉めているのよ」

イサームはうなずいた。アヴリルを誘惑するのに夢中で、二人のプライバシーのことなどまったく考えていなかった。彼女への欲求にとらわれすぎていたのだ。

これほど警戒心を欠いた覚えはない。

アヴリルを妊娠させたとき以外は。

彼女の何が僕に他のすべてを忘れさせるのだろう?

今は考えている暇はない。イサームは赤ん坊を枕にもたれかかっているアヴリルのもとへ連れていった。頬が上気し、瞳が輝いているが、目の下には疲労の影があった。彼女が口をおおってあくびをした。

言葉も習慣もわからない異国の地に小さな娘とともにやってきて、アヴリルは大きく変わった。今夜のパーティでのふるまいはすばらしかったが、精神的に大きな負担だったに違いない。

イサームは王としての仕事をこなし、ハーフィズが引き起こした問題に対処していた。その結果、アヴリルがどんなに大変な思いをしているかにほとんど注意を向けていなかった。

それを変えなければならない。

「授乳をしたら、少し休んだほうがいい」

アヴリルが目を丸くし、赤ん坊に母乳を飲ませるためにローブの前を広げようとしていた手を止めた。

「もう行くの?」

イサームはアヴリルの手を取り、てのひらにキスをした。蜂蜜のような甘い味わいに、渇望の震えが体を走った。彼女の体を一度味わっただけでは足りなかった。

ごくりと唾をのみこみ、彼はざらついた声で言った。「ここにいたい。だがそうしたら、一晩じゅう君と体を重ねたくなるかもしれない。今はそれよりも睡眠が必要だ」

「でも、あなたはまだ……」

「心配しなくていい」イサームは大きく息を吸いこんだ。「マリアムに授乳したら休むんだ。目を開けているのもつらそうじゃないか。明日の朝、一緒に朝食をとろう」

アヴリルがほほえんだ。再会して以来、彼女がイサームに見せた初めての本当の笑顔だった。彼はそれを貴重な贈り物のように感じた。一緒に朝食をとろうという提案だけで喜んでいるのだ。

アヴリルが他の女性たちとは違うのを、おまえはすでに知っていたはずだ。

しかし、イサームの高揚感はその事実だけでは説明できなかった。

イサームはもう一度アヴリルの手にキスをし、彼女の甘美な香りを吸いこんだ。今すぐ立ち去らなければ、自分の善意をだいなしにしてしまうだろう。長い夜になりそうだ。

「朝までぐっすり眠ってくれ」


「口に合うといいんだが」

アヴリルは目を上げ、イサームを見つめた。「みんなおいしそうよ。ありがとう」

テーブルには食欲をそそる匂いの料理からフルーツ、パン、ペストリー、クリームチーズ、ディップやジャム、さらには大きな巣蜜《ハニーコム》までがずらりと並んでいた。

「王は毎朝こんな食事をするの？」

イサームが含み笑いをもらした。「ふだんはもっと質素な食事をしているが、君の好みがわからなかったからいろいろ用意してもらった。さあ、食べてくれ」

アヴリルはうなずき、パンとクリームチーズ、熟した無花果《いちじく》に手を伸ばした。だが、食事に集中するのはむずかしかった。どうしても昨夜のイサームの魔法のような愛撫を思い出してしまう。アヴリルが心を動かされたのは、イサームが自分の欲求よりも彼女の欲求を優先したことだった。そんな男性がどれだけいるだろうか。もしかしたら、私は彼が必要とする花嫁以上の存在になれるかもしれない。

アヴリルはクリームチーズを塗った温かいパンにかじりつき、そのナッツのような風味にうなりそうになった。

「気に入ったかい？　薔薇《ばら》の花びらのジャムも試してごらん」イサームがハスキーな声で言い、アヴリルが食べるのを目を輝かせて眺めた。昨夜恍惚《こうこつ》となった彼女を見ていたのと同じ表情だ。それを思い出すと、アヴリルは胸がどきどきした。

何か別のことに集中しようと、彼女は尋ねた。

「ゆうべのパーティにいた人たちのことを教えて。シルバーのドレスを着ていた女性はどなた？」

その女性は不思議そうに二人を見ていたが、二人に近づいて祝福を述べたときは無表情だった。

「シルバーのドレス？　確かに何人かいたな」

「彼女は奇妙なふるまいをした年配の男性と一緒にいたわ。あなたも見たでしょう。ゆうべ彼は動揺したようすで、何も言わずに出ていったわ」

目玉焼きを自分の皿に取ろうとしていたイサームが急に手を止めるのを見て、アヴリルは肌がざわついた。他の客は気づいていなかったが、彼女はその男性が何か変だと感じていた。

イサームが目玉焼きを皿に取った。「君は本当に観察眼がある。一緒に働いていたときにそう思ったのを覚えているよ」

アヴリルの脈が速くなった。「私たちのことで他にも何か覚えている？」

「まだ全部は思い出せないが、君の最初の面接も含めてたくさんある」イサームがほほえんだ。「君はとても印象的だった。ロンドンで一緒に仕事をした日のことはほとんど思い出した」

イサームが思い出したのが個人的なことではなく、仕事がらみのことだけだったという事実に、アヴリルは失望を感じないように必死だった。イサームにとって私はただのアシスタントだった。今は彼に必要な花嫁にすぎない。

そんなふうに思ってはだめよ。

「じゃあ、私たちを祝福せずに去っていったあの男性は誰なの？」

イサームがすぐには答えず、ゆっくりとコーヒーを飲んだ。その慎重なそぶりから重要な話だとアヴリルは察した。

「ハーフィズといって、遠い親戚に当たる。父が事故死し、僕が危篤状態にあったとき、王室評議会は彼を摂政に任命した。そして僕が回復して政務に復帰するまで、しばらく彼はその地位にあった」

イサームは淡々と語ったが、アヴリルの心臓は喉までせりあがっていた。イサームがそれほど危険な状態にあったとは知らなかったのだ。

「本当にもう大丈夫なの？」

「ああ。記憶が完全に戻らないこと以外は」

しかし、イサームのほほえみは取ってつけたようだった。記憶喪失がどれほどいらだたしいものか、アヴリルは想像するしかなかった。

「彼が好きじゃないの？」

イサームが驚きに目を見開いた。「王族として、僕は自分の感情を抑えて生きてきた。だが、君には簡単に心を読まれてしまう」

アヴリルは何も言わず、ただ待った。

するとイサームがようやく言った。「君にはまだ言いたくなかったんだ。宮殿での生活に慣れるので手いっぱいだろうから」

「私を甘やかさないでいいのよ。むしろ、何が起こっているのか理解したいの」

イサームは気が進まないようすだったが、肩をすくめると再び話しだした。「以前からいろいろ問題が起きていたんだ。最初は自分の記憶喪失のせいかと思ったが、そう思わされていたのかもしれない」

「どういうこと？」

イサームが表情を硬くした。「僕の記憶が欠落しているのは事故の前のことだけだと思っていた。だが、何度か重大事になりかねない行き違いがあり、その原因はすべて僕のスケジュールにあった。幸いにもまだ実害はないが、僕の記憶喪失を知っている数少ない者たちの間では、僕が統治者としては不適格なのではないかとささやかれるようになった」

アヴリルの背筋に悪寒が走った。「ハーフィズが背後にいると思うの？」

イサームがうなずいた。「噂《うわさ》を流しているのは彼だと思う。そして君のおかげで、問題の背後に彼がいると確信できたよ」

「私のおかげ？ 私は何もしていないわ」

「いや、以前中庭で待っていた老婦人たちを見つけた日、君は近くにいた男性について話してくれた。君が呼びかけると、そそくさと立ち去ったと。君の説明は、僕が疑いを持っていた人物にぴったり当てはまった。彼は僕の執務室に出入りできる王室の秘書で、ハーフィズと深いつながりがある。僕の側近がここ数カ月の彼の動きと、制限された情報へのアクセスをチェックして、僕たちが直面した問題はすべて彼が仕組んだものと考えて間違いないとわかった」

アヴリルは胃が締めつけられた。「あの老婦人たちはわざと炎天下に放置されたというの？ 悲劇が起きていたかもしれないわ」

「そのとおりだ。僕が彼女たちを宮殿に呼んでおいてそんな事態になったら、誰かが僕の責任だと騒ぎたて、僕の信用は丸つぶれになる」

「誰かとはハーフィズのことね？」

「最初に起こった問題は、重要な商業交渉や国家安全保障に影響を及ぼすかもしれない機密情報の漏洩《ろうえい》に関するものだった。彼は今、罪のない民も策略に巻きこもうとしている。すべてはハーフィズが権力に執着するようになったからだ。彼は僕が完全には回復せず、評議会が彼を王に任命することを望んでいたのだろう」

「ありえない！　誰も彼の言うことなんて真に受けないはずよ」

イサームが口元を引きしめた。「彼は、事故の前には僕が表立って国務を果たしていなかった事実を利用しようとしたんだ。確かに若いころの僕は政治にうとく、公務のほとんどを父にまかせていた。ただ、国の運営には関わり、何年もの間、父を手伝っていた」

アヴリルは必死にすべてを理解しようとした。

「ハーフィズがあなたを王位から引きずりおろすなんてできないでしょう？　あなたは健康ですもの」

「ああ。僕が王位を剥奪《はくだつ》されるのは、統治者として不適格だと証明された場合に限る。それはないはずだ」

イサームの厳然たる表情を見て、アヴリルは安堵《あんど》した。彼が狡猾《こうかつ》な策略家に失脚させられたらと思うと、ぞっとする。ザーダールの政治について知っているわけではないけれど、イサームのことは知っている。彼はリーダーシップも責任感もあり、国の未来を見すえている。

「心配しないでくれ。宮殿内のスパイが誰かわかったからには、彼の企《たくら》みを証明できる」

「ハーフィズは？　ゆうべ彼は何をしようとしていたの？」

イサームが唇を引き結んだ。「ハーフィズと一緒にいた女性は彼の娘だ。事故から数カ月後、王室評議会は僕に結婚するよう強く勧めた。後継者をもうけるのは誰もが望むことだからね。ハーフィズは自分の娘が花嫁にふさわしいと言い、僕はその可能性を検討することに同意した。彼は王になれないとしても、王とのつながりを強化する方法を考えていたんだ」

アヴリルは息が詰まりそうになった。「でも、そのあとあなたは自分の子が生まれていたと知った」

事情が違っていたら、イサームは自国の女性と結婚していたかもしれないが、具体的な候補がいたことを知り、アヴリルは複雑な心境になった。王族に生まれ、王妃の役割を自分よりはるかに見事にこなせる洗練されたエレガントな女性が彼の花嫁候補だったのだ。

シルバーのドレスを着た女性が二人の婚約を祝福したとき、周囲が静まり返ったのも当然だろう。

アヴリルは腕を組み、みじめな思いに胸が苦しくなるのをこらえた。

「ああ。その瞬間から、他の誰かと結婚することは問題外になった。彼女との結婚に同意した覚えはないよ。その可能性を検討すると言っただけだ。ゆうべハーフィズが何をするつもりだったかは知らない。だが、僕たちの婚約を事前に知っていたのはごく限られた者だけで、ハーフィズはその一人ではなかった。おそらく、娘を僕に嫁がせるという計画が失敗したことに腹を立てていたんだろう」イサームの温かい指がアヴリルの指を包み、ぎゅっと握った。「心配するな。もうすぐ証拠が手に入るから、ハーフィズの策略は成功しない。君とマリアムは僕が守る。信じてくれ、アヴリル。僕は自分の義務を重く受けとめているんだ」

11

義務。またその言葉がイサームの口から出た。

イサームが子供のために正しいことをしようとしているのは喜ばしい。それに、彼は明らかにマリアムに夢中だ。でも、婚約した男性から、結婚は義務なのだと念を押されるのはつらい。

「ごめんなさい、今なんて言ったの？」イサームが何か話していたが、自分の考えにとらわれていたアヴリルは聞き逃してしまった。

「もっと一緒に過ごすようにしようと言ったんだ」グレーの瞳がアヴリルを見つめたが、イサームが何を考えているのかはわからなかった。「ザーダールに戻ってから、ハーフィズの問題で忙しかった。だが今は、君が王室になじむのに手を貸したい」

アヴリルはわきあがる喜びを無視しようとした。

「そうしてくれる？」

「僕のスタッフが王室の儀礼、国の歴史や習慣などについての講義をする。君が王妃になったら役立つだろう。君は王妃の称号を得るだけでなく、僕と結婚生活を築くことになる。お互いをよく知り、信頼し合うことが必要だ」

「私を知りたいの？」

「悪いことかな？」

「いいえ。理にかなっているわ」

イサームの合理的な考えに喜んでいいのか、がっかりしていいのか、アヴリルはわからなかった。彼は忙しいスケジュールをこなしながら、私のために時間を割くつもりでいる。彼のデスクに向かい合って座り、質疑応答をするのだろうか？

昨夜、イサームが自分の脚の間に頭をうずめ、天国へ連れていってくれたときとの違いに、アヴリルは泣きたくなった。デスク越しに向き合うのではなく、抱き寄せて体を重ねてほしかった。

イサームと自分がどういう関係なのか、アヴリルはよくわからなかった。昨夜の親密な行為にもかかわらず、彼が二人の関係を計画的に築いていこうと考えているのに失望した。

「それでどんなふうにしたいの？」アヴリルは桃を取ってかじった。そのみずみずしさは、乾いた会話とは対照的だった。

「手始めとして毎朝、朝食をともにするのはどうだい？」

アヴリルは淡々とした口調を変えなかった。「いいわね」

「君がとくに見たいもの、したいことがあるかもしれない。結婚したら、国じゅうを回ろう。今のところは首都か、その近郊を案内するよ。何に興味があるんだい？」

イサームの質問に、アヴリルは一瞬とまどった。出産の準備や失職後の生活費の心配、育児の勉強などで手いっぱいで、何かに興味を持ったのはいつ以来だろう？

シーラに〝やりたいことリスト〟を作るように説得されて以来よ。

「アヴリル？」

「いくつかあるんだけど」アヴリルはゆっくりと言った。シーラのためにリストを作ったときは、いつか挑戦しようと思い、本物の興奮を覚えたものだ。だが、イサームとの出会いと予期せぬ妊娠がすべてを変えてしまった。

イサームが身を乗り出すと柑橘《かんきつ》系の香りが鼻をくすぐり、アヴリルは身震いした。

「続けて」

「私、運転を習いたいの。ロンドンでは意味がないように思えたけど、ずっと……」

「ずっと何をしたかったんだい、アヴリル？」

イサームの低い声が体の中で反響した。「旅行や冒険を。オーロラを見たり、気球に乗ったり、水上スキーやスキューバダイビングをしたりしたかったの」そこでふいにアヴリルは口をつぐんだ。冒険と王妃の務めは両立できない。リストの中で唯一達成できそうなのは、他国の言語を学ぶことだ。もっとも、旅先で役立てるためではなく、この国でコミュニケーションが取れるようになるためだけれど。

驚いたことに、イサームがにっこりした。いつものいかめしい顔が若々しく、熱意にあふれた表情に変わった。彼の魅力に引き寄せられるようにアヴリルも身を乗り出した。「だったら君はいいところに来た。オーロラは無理だが、それはいつか見に行こう。それ以外なら、ザーダールは完璧だ。海岸沿いに最高のダイビングスポットがあり、水上スキーに最適な湖もある。内陸では気球ツアーが盛んだ。僕が全部教えてあげよう。運転も」

「あなたが？」

イサームがうなずいた。「四駆で郊外に行こう」

「四駆？　小型車を考えていたんだけど」

「オフロードを走れる車のほうがいい。そっちのほうが実用的だし、冒険にはもってこいだ」

イサームの熱意に、アヴリルはついその気になりかけ、急いで自分を戒めた。「王妃が冒険なんかしていいの？」これからは保守的な王室の厳格な規則に縛られるのではないの？

「だめなわけがない。僕の父は……」

アヴリルはイサームの顔から笑みが消えていくのを見た。彼の目はこちらではなく、自分の心の中を見ている気がした。いったい何を見ているのだろう？　記憶がよみがえったのだろうか？　それはきっといいことだ。そのとき、イサームの顔がこわばり、まるで痛みを感じているかのように口の端にしわが刻まれた。手がこめかみ近くの傷跡に向かう。

「イサーム」アヴリルはイサームの腕に手をかけた。「大丈夫？」ふだん強くて冷静な彼を見慣れているだけに、痛みを抱えているような姿に胸が締めつけられた。

それからようやく目の焦点が合い、イサームが驚いた顔でアヴリルを見つめた。アヴリルはクリスタルのゴブレットに水をつぐと、テーブルを回ってイサームの横に膝をつき、彼の手にゴブレットを握らせた。

「さあ、飲んで」彼女はイサームの手に手を添え、ゴブレットを口元まで持ちあげた。「気分がよくなるわ」本当にそうなるかどうかわからなかったが、イサームの弱った姿を見るのは耐えられなかった。

彼は一口飲み、ゴブレットを下ろした。

「すまない」イサームの声はかすれていた。

「あやまらないで。大丈夫？」

イサームがこめかみをさすり、顔をしかめた。

「大丈夫だ。心配には及ばない」

しかし、アヴリルは心配だった。マリアムのためでもなく、二人の結婚を待つ世間のためでもない。イサームは彼女にとって大切な存在だった。

雇い主とアシスタントだったときでさえ、アヴリルはイサームをとても大切に思っていた。一緒に過ごした時間がごく短かったことを考えればありえないが、この男性の何かが彼女を引きつけ、切望を抱かせた。

「お医者さまを呼びましょうか？」

「とんでもない！」イサームが苦笑した。「大丈夫には見えないかもしれないが、本当だ」彼がコーヒーカップに手を伸ばした。

「もう冷めてしまったわ。ポットを持ってきましょう」アヴリルは立ちあがった。

「いや、いいんだ」長い指が彼女の手首をつかんだ。「座ってくれ。カフェインはもういらない」

イサームがいたずらっぽく笑ったが、アヴリルはその目に光るものがあるのを見て取り、彼の手を両手で包みこんだ。何を思い出したのか尋ねたかった。ただ、イサームにはプライバシーを守る権利がある。二人は肉体的には親密でも、感情的には親密ではないのだ。

「心配かけてすまなかった」イサームは水を飲み、遠くを見つめた。「最近、思い出すことがふえてきたんだ。さっき急に、事故が起きた日の父との会話を思い出した」彼がこちらを向き、感情が渦巻くグレーの瞳でアヴリルを見つめた。

アヴリルは胸が苦しくなった。彼は事故について思い出したのだろうか。「ああ、イサーム」

イサームが手を動かし、彼女の指に自分の指をからませた。「事故の前のいい思い出だよ」


だが、アヴリルはイサームが心配だった。覚悟していたとはいえ、シーラの死には取り乱した。愛する人を突然失うのがどれほどつらいことか。

「そう。いい思い出は大切にしないとね」

「あの日の父はとりわけ幸せそうだった。僕が代わりに公務を果たすからといって、父に一週間の休暇を取らせることにしたんだ。父は旧友たちと二泊三日の砂漠のキャンプを計画していた。僕はむちゃをするなとたしなめたが、父はたまには冒険をするのもいいものだと言った。統治というストレスからときどき解放されることも大切だと」

「賢い方だったのね」

イサームがアヴリルと目を合わせた。「ああ。僕の知る限り、最高の人物だった。父が幸せそうだったのにはもう一つ理由があった。それが何か思い出したんだ。あの日、父に伝えられてよかった」彼の息が荒くなった。「父が命を落とす前に」

あまりに感情のこもった声だった。「言わなくていいのよ――」

「言いたいんだ」さっきまで陰っていた目が今は銀色に輝いていた。「それに、僕のイギリスでのビジネスに関係がある」

アヴリルは好奇心を刺激された。「あなたのビジネスはとてもうまくいっているんでしょう?」

「ああ。だから利益の一部を新たな投資に回せると父に話したんだ。ザーダールで始めたいプロジェクトがあったから。父は前からそのアイデアを気に入ってくれていたが、医療施設や学校への資金投入などが優先だと言っていた。他に必要な分野がいくらでもあるのに、公的資金を回すことはできないと」

アヴリルは納得した。「それで私財を投じることにしたの?」

イサームがうなずいた。「長期的なプロジェクトになるだろうが、なんとしてもやり遂げたかった。それで王室評議会で提案したんだが、ハーフィズは僕の優先順位が間違っていると言って反対した」

「私があなたに一票を投じるわ」

イサームの口元がほころんだ。「ありがとう。以前療養していたとき、僕が意味不明な言動をとったとハーフィズに言われて、事故の影響で機能不全に陥っているのかと怖くなったことがある。今思えば、彼は僕を混乱させようとしていたんだろうな」

「彼は策略家よ。私なら信用しないわ」

「それについては同じ意見だ」

「あなたが考えているプロジェクトについて教えて」

「妹のヌールから着想を得たんだ」

アヴリルはイサームの表情が曇るのを見て、いまだに深い悲しみを抱えているのだと察した。そしてシーラを亡くしたとき、その喪失感を胸にしまいこむのではなく、友人たちに話すことがどんなに救いになったかを思い起こした。

「長く患っていたの？」

イサームの表情が鋭くなり、アヴリルは興味本位できいたと思われたのではないかと不安になった。

長い間、彼は無言だったが、ようやく話しだした。

「ヌールの具合が悪くなった夜、僕は宮殿にいた。頭痛を訴えたから、痛み止めをのませて休ませた。だが、しばらくして目を開けた妹は光をいやがり、熱もあって、首の凝りを訴えた。僕はすぐに医者を呼んだ。病名は髄膜炎だった」

アヴリルはイサームの声に絶望の響きを聞き取り、胸が痛んだ。イサームは常に問題を解決し、人々のために状況をよりよくしてきた。妹を救えなかった事実は彼をどれほど苦しめただろう。

「医療スタッフができる限りのことをしたのは確かだ」イサームは顔を上げたが、表情はこわばったままだった。


「あなたもよ。あなたは妹さんのためにそばについていた。問題があると気づいてすぐ助けを求めた」

「もっと早く気づいていれば――」

アヴリルはイサームの心の重荷を軽くするために何か言えることはないかと考えた。「妹さんはどんな子だったの？　妹さんについて話したい？」

イサームの肩から力が抜けるのがわかった。「歩けるようになってからはいつも動きまわっていたよ。歩くというより、たいていは走っていた。好奇心旺盛で、よく笑い、やさしい心を持っていた」

イサームの唇に笑みが浮かぶのを見て、アヴリルは胸がいっぱいになった。「すてきな子ね」

「すてきな子だった」イサームが言葉を切り、肩をすくめた。「ただ、王族というのはどうしても学校で浮いてしまうんだ。ヌールに専属の家庭教師をつけてもよかったが、父は他の人たちに交じって学ぶことが重要だと考えていた」

アヴリルはイサームの父親にますます敬意を抱いた。「王族であるのは楽ではないわ」彼女も王族の富や特権ではなく、王族であることのむずかしさについて考えるようになっていた。

「ヌールは運動神経がよく、スポーツが息抜きになった。やがてチームスポーツに自分の居場所を見つけたよ。彼女は生まれながらのリーダーで、他の選手たちを励まし、選手同士の絆《きずな》を深めさせた。女の子たちは皆、一緒に切磋琢磨《せっさたくま》して自信と能力を身につけていった」

「すてきな兄を持って、妹さんは幸運だったわね」

イサームは驚いた顔をしてから、無造作に肩をすくめた。しかしアヴリルは、多くの子供たちがこのような愛情深い支えを受けていないのを知っていた。

「この国では女性のスポーツの歴史が浅いことをわかってほしい。そもそも男女を問わず、スポーツは学校のカリキュラムに含まれていないんだ。僕はそれを変えたい。どこに住んでいようと、性別がどうであろうと、すべての人に参加するチャンスを与えたい。専門家や教育者たちは体を動かすことの利点について説いている。健康だけでなく、チームワークや規律について学べ、一部の者にとっては優秀な選手になるチャンスなんだ」

イサームは雄弁で、アヴリルは彼の熱意に引きこまれた。

「僕はすべての若者が学校内外でスポーツに取り組む機会を持てるよう、国じゅうに施設を造りたい。健康的な生活に関するプログラムと結びつけて、あらゆる子供や青少年に単純に楽しむ機会を与えたい。人生は短く、困難なこともある。これは人間関係を築き、なおかつ個人的な利益をもたらす一つの方法なんだ。すまない、つい熱が入ってしまった。だが、ヌールを偲《しの》ぶためにもぜひプロジェクトを実現させたい。父も僕が資金を調達することを条件に全面的に賛成してくれていた」

アヴリルはイサームの情熱に心を動かされていた。どれだけの指導者が公共の利益のために私財をなげうつだろう?

「チャンスを手にしていない人たちにチャンスを与えるのは、すばらしいアイデアだと思うわ。私はとくにスポーツ好きというわけではないけれど、以前は健康維持のためにバレーボールをやっていたの。より健康になったのもよかったけれど、それ以上に仲間ができたのがうれしかった」

突然、アヴリルはまだイサームと手をつないでいるのに気づき、二人のからみ合った指を見おろした。性的な意味合いはなかったが、強い絆を感じた。

イサームが父親と妹を愛していたのは明らかで、その喪失感が今もなお彼を苦しめている事実がアヴリルの心を揺さぶった。これほどまでに揺るぎなく愛されたらどんなだろうかと想像させ、二人の未来は思っていたよりも明るいかもしれないと期待させた。

「何を考えているんだい、アヴリル?」

アヴリルは顔を上げ、熱いものが自分の中を駆けめぐるのを感じた。ここで自分の欲求を打ち明けることもできた。どれほどイサームを求めているかを。あるいは彼を見習って、今正しいと感じる行動をとることもできた。

イサームを愛しているから。

その事実に今まで気づかなかった自分にアヴリルは驚いた。

「あなたは善良な人ね。外国人の妻が理想的な王妃になれないのはわかっている。ハーフィズや他の人たちがそこにつけこもうとするでしょうけど、あなたを失望させないよう最善を尽くすわ」

12

その日一日、イサームは頭痛と闘っていた。頭痛に悩まされることは少なくなったが、記憶が戻ってくると、痛みもぶり返した。

まだ傷が癒えていないからだろうか？　それとも苦い思い出だから？

あの最後の日、休暇の計画を立て、ヌールを偲《しの》ぶプロジェクトに取りかかるというイサームの話に喜んだ父親の姿は何物にも代えがたいものだった。

イサームは首の後ろをさすり、肩を回しながらデスクから離れた。痛みの本当の理由はわかっていた。妹を救うことができなかったからだ。医師も父親もヌールのためにあれ以上は何もできなかったと断言したが、罪悪感は常に胸に巣くっていた。

そして父親も失った。イサームは覚えていないが、父親とパイロットを救うために考えられることはすべてやったという。それでも罪悪感は薄れなかった。

なぜ自分だけが生き残ったのか？

そのとき、脳裏に真剣な茶色の瞳が浮かび、イサームの思考を過去から引き戻した。

〝あなたを失望させないよう最善を尽くすわ〟

イサームはかぶりを振った。アヴリルが僕を失望させるわけがないのに！

厳密に言えば、アヴリルと知り合ってからまだ日は浅い。仕事上のつき合いは一年にも満たず、再会して間もない。しかし、イサームは彼女が間違いなく頼りになることを知っていた。

大伯母の介護のためにキャリアを中断していたとは、以前は知らなかった。知ってからイサームはいっそうアヴリルを尊敬するようになった。

その彼女が僕の妻になるのだ。

脈拍が速くなり、高揚感がわき起こった。

イサームは過去のあらゆる経験をくつがえすような血の通った渇望をアヴリルに覚えていた。彼女の魅惑的な体とまぶしい笑顔が欲しかった。

そして、アヴリルのやさしさが欲しかった。彼女がマリアムに向けるまなざしを見て、ひそかに嫉妬に似た感情を抱くほど強く求めていた。

二人がベッドをともにしたのは二回だが、その記憶はイサームの頭と体に刻みこまれていた。

アヴリルと一緒にいると、すべてが増幅される気がした。あらゆる感覚、あらゆる感情が。

アヴリルは僕の子供の母親だ。マリアムの誕生の奇跡を思い、その母親への感謝を噛《か》みしめるたびに、胸が熱くなる。

僕はアヴリルの人生を一変させ、さらに多くのことを背負わせようとしている。だが、彼女は果敢に取り組むつもりだ。簡単にはいかないだろう。とくに最初のうちは、彼女の適性に疑念を抱く人たちに立ち向かわなければならない。

アヴリルの力になるためにできる限りのことをしよう。彼女が必要とする技術や知識を身につけさせるのが最優先事項だ。

イサームはパソコンとデスクの上の書類の山に目をやった。これまで仕事を片づけずに一日を終えた覚えはない。だが、彼はパソコンの電源を切った。

アヴリルと一緒にいたかったのだ。

「イサーム!」

アヴリルはザーダールの習慣と文化に関する本を置き、居間に入ってきた長身の人物を見つめた。ソファから立ちあがると、心臓が激しく打った。

イサームの顎には髭《ひげ》が伸びかけ、髪は手でかきあげたように乱れていたが、彼のカリスマ性を損なうどころか、むしろ際立たせていた。ダークスーツがまっすぐな肩と長い脚を強調している。

触れたくならずにはいられない。

「誰だと思ったんだい？」

「メイドだと思ったの。秘書があなたは夜まで仕事をしていると言っていたから」

「仕事をしているべきなんだが」イサームの声は張りつめていた。「君に会いたかったんだ」

「何かあったの？」彼が首を横に振ると、アヴリルは続けた。「公の場に出ることについてまた話したかったのかしら？」

「いや、話す必要があるんだ」イサームが厳しい声で言い、唾をのみこむのを見て、アヴリルは満足感のようなものを覚えた。「だが、それはあとだ」

アヴリルは待ったが、イサームは急ぐようすもなく、ただそこに立って彼女を見ていた。それからゆっくりと近づいてきた。彼の瞳の輝きがアヴリルのうなじをざわつかせ、呼吸を浅くさせた。

今朝、アヴリルは最後の日の父親を思い出したイサームの悲しみと喜びを目の当たりにし、彼のために心を痛めた。イサームには彼女の心を引き裂く力があったが、逃げ出すには遅すぎた。アヴリルはすでに彼に心を捧《ささ》げていた。

しかし今、イサームがあらがうことのできない力に引き寄せられるようにこちらへ近づいてくるのを見て、アヴリルは興奮を覚えた。初めて自分が本当に見られている気がした。アシスタントとしてではなく、彼が負わなければならない義務でもなければ、めとらなければならない花嫁でもなく、一人の女性として。

「なぜここにいるの、イサーム？」見当はついたが、アヴリルは確かめなくてはならなかった。

「離れていられなかったからだ」イサームが立ちどまると、アヴリルは顔を上に向けて彼の視線を受けとめた。「僕は自分を抑えて、君に休息する時間を与えようとしてきたが、それが日ごとにむずかしくなっている。そしてゆうべ……」イサームがかぶりを振った。「君が欲しいんだ。集中できないし、仕事もできない。君と一緒にいたいんだ」

イサームの張りつめた顔には強い感情が表れていた。アヴリルもまた、心臓の激しい鼓動と脚の間のうずきを感じていた。

「私とベッドをともにしたいんでしょう？」

イサームの眉間にしわが刻まれた。「それだけじゃない。だが、間違いなくイエスだ」

今のイサームを見ると、昨夜彼が肉体的な喜びを与えたのは、単に自分を従順にするためだったのではないかという不安を払拭できそうな気がした。

アヴリルは小さく笑みを浮かべた。

イサームがまばたきをし、部屋が一瞬、静寂に包まれた。それから彼の唇に、いつもアヴリルの心にまっすぐ届く魅惑的な笑みが浮かんだ。

「アヴリル」

呼びかけるイサームの声には安堵《あんど》と喜びがにじんでいた。彼女の名前をこれほど輝かしいものに変えた者は他にいなかった。

アヴリルも呼びかけようとしたが、その前にイサームに引き寄せられ、唇を奪われた。

イサームの力強い腕が、膝がなえそうになっているアヴリルをしっかりと支えた。彼の切迫感に心が解きほぐされ、完璧なキスに自制心の最後の糸が切れた。愛を自覚したせいで自制心はすでにもろくなっていたのだ。

アヴリルは両腕をイサームの首に回し、きつく彼を抱きしめた。

ここが彼女の居場所だった。

アヴリルは昔ながらの恐怖と新しい希望から生まれた熱意をこめてイサームにキスを返した。不器用なキスだったが、彼は満足げな低いうなり声をもらした。所有欲の表れだろうか？　アヴリルの心は躍った。

「ベサニーは？」イサームがささやいた。

「もう部屋に下がったわ」

イサームの片手に顎を包まれると、長い指から熱が伝わり、胸の先が硬くなった。肌がブラジャーに触れる感触さえも興奮を誘う。

「マリアムは？」

アヴリルは首を回し、イサームの親指を歯ではさんだ。彼の目が熱を帯び、アヴリルは胸のうずきが脚の間にまっすぐ向かうのを感じた。「眠ったわ」

イサームが深く息を吸うと、胸が大きくふくらんだ。「君が必要なんだ、アヴリル」

アヴリルは指を広げてイサームの頭を包みこんだ。豊かな髪が手に触れる感覚さえもエロチックで、彼女は欲望に震えた。「私もあなたが必要なの」

その告白は負けを認めるどころか、勝利を宣言するように響いた。イサームの渇望は誤解しようがなかったからだ。

彼が背筋を伸ばし、アヴリルを抱きあげた。そのたくましさは彼女をさらに興奮させた。

二人の唇が再び重なったが、今度は焦っているせいで歯がぶつかった。しかしアヴリルには、洗練された誘惑よりも生々しい欲望のほうが好ましかった。

二人の最初の夜はすばらしかったが、今夜はさらに刺激的だった。アヴリルはイサームの大きな体が震えるのを感じた。

「ベッドに行かなくては」彼がくぐもった声で言った。

「どうしてここじゃいけないの？」アヴリルはイサームをまっすぐに見つめると体をそらして、うずく胸を彼の胸板に押し当てた。

イサームが祈りか懇願のような言葉をささやき、

それから部屋を横切って、アヴリルの背中を壁に押しつけた。そして片手で彼女の胸を包みこんだ。アヴリルは目を閉じてイサームのてのひらに胸を押しつけながら、彼の腿が脚の間に割りこむのを感じた。官能が刺激され、体を震えが走った。

「イサーム、あなたが欲しいの」

「僕も君が欲しい」

アヴリルは目を開け、両手でイサームの顔を包みこんだ。髪の生え際の傷跡をやさしくなぞりながら、彼が死んでいたかもしれないと思うと胸がいっぱいになった。

「ここでできる？」

「ああ、できる」イサームが発したバリトンのうなり声ほどセクシーな響きはなかった。

二人でイサームのベルトをはずし、ファスナーを下ろすと、安堵感が広がった。その数秒後、熟練した手がアヴリルの脚をなぞり、ワンピースを腰まで押しあげて、ショーツを引き裂いた。彼女は目を丸くし、期待だけでクライマックスに達することができるのだろうかと考えた。

そんな考えを読んだのか、イサームが独りよがりな笑みを浮かべた。アヴリルはお返しに彼の興奮の証《あかし》に手をすべらせた。

イサームが笑みを消し、唾をのみこむと、アヴリルは笑ったが、そこにはおかしさよりも、二人が結ばれることへの切迫感だけがあった。彼と一つになれなければ死んでしまう気がした。

「アヴリル」

「ええ、今よ」

イサームがアヴリルの脚をしっかりと自分の腰に巻きつけた。すでに耐えがたいほど興奮していたアヴリルは、イサームの肩に手を置き、彼の動きに合わせて腰を落とした。二人の体はたちまち完璧なハーモニーを奏ではじめた。固さと柔らかさが溶け合い、互いの欲望が一つになった。

二人は一緒に動いた。快感は畏怖の念へと高まり、それが過ぎ去ると、純粋な喜びが二人を包みこんだ。

アヴリルは自分の心を奪った男性のグレーの瞳を見つめながら我を忘れた。

まるで楽園を垣間見たようだった。


「話があるんだ、アヴリル」

二人ともすでに身繕いを整えていたが、アヴリルは自分がしどけなく見えるのはわかっていた。

先ほどの刺激的な行為のあと、寝室に直行したかった。アヴリルが一番話したくないのは、この部屋以外の世界のこと、そして自分が直面している重い責任についてだった。

そんなアヴリルとは対照的に、ソファに座っているイサームはここに入ってきたときと同じように優雅で洗練されていた。まるで仕事の打ち合わせのためにやってきたかのようだ。

それが恨めしかった。ついさっきイサームはアヴリルを情熱の渦に巻きこんだ。その至福の場所にいる間は、イサームにとって自分が大切な存在であり、二人が分かち合っているものには意味があるというふりをすることができた。

アヴリルはため息を押し殺した。確かに意味はある。イサームはまだ肉体的に私に惹《ひ》かれているのだから。それはいいことだ。たとえ彼に愛がなくても、二人は満足のいく結婚生活を送れるだろう。

それではもう十分ではないと叫ぶ心の声を、アヴリルは無視した。自分のためにもマリアムのためにも、十分でなければならない。私は両親とは違って娘を大切にする。たとえ――。

「僕が話したことを聞いていたかい？」

「ごめんなさい。ちょっとぼんやりしていたわ」アヴリルはイサームに目をやり、彼の驚いたような顔に気づいた。イサームは王族として聴衆に注意を向けられるのに慣れているのだ。「何を話していたの？　私が次に公の場に出ることについて？」

「それも大事だが、今はもっと緊急の問題がある」イサームがアヴリルの手に手を重ねた。「今すぐ一緒に暮らしたい。結婚するまで待っても意味がないと思う」

「一緒に暮らす？」

イサームの顔に浮かんでいた笑みが消えた。「なぜいけない？　ゆうべと今夜の出来事で、君も僕と同じように親密な時間を持ちたがっているとわかった。君の目の下には隈《くま》ができている。一緒に夜を過ごせば、マリアムの世話も分かち合えるじゃないか」

「あの子の世話をしたいの？」アヴリルは彼が妹の世話を手伝っていたと言っていたのを思い出した。

「あなたは王として十分な重荷を負っているのに」

イサームが二人の指をしっかりとからめた。「僕は娘と本当の関係を築きたいんだ。僕にとって家族は国と同じくらい大切なものだから」

家族。イサームはマリアムのことを言ったのだ。アヴリルは自己憐憫《れんびん》にひたるまいとした。彼が娘に強い絆《きずな》を感じているのはうれしい。

「私はただスキャンダルになる可能性を考えていただけよ。私たちが結婚前からベッドをともにすることに、人々は賛成しないのでは——」

「ベッドをともにする？」イサームの笑い声に官能を刺激され、アヴリルは椅子の上で身じろぎをした。

「子供がいるんだから、僕たちがすでにベッドをともにしているのはわかっているだろう。僕が娘の美しい母親とベッドをともにしていないと知ったら、かえって彼らは驚くはずだ。結婚前の情事と婚外子の存在はとっくにスキャンダルになっているよ」

「ハーフィズがそれを利用するんじゃない？」

イサームが眉を上げた。アヴリルはそこに尊大さを感じ取り、彼が生まれながらの権力者であることを思い知らされた。

「心配しなくていい。彼の策略は失敗するだろう。僕と君は伝統的な形で結ばれたわけではないが、それは問題ではない。人々は僕たちの娘を祝福し、僕たちの結婚を喜んでいる」

人々は王の世継ぎを望んでいるからだ。彼の花嫁選びを認めたからではない。

温かい指がアヴリルの顎に添えられ、顔を上げさせた。アヴリルはぬくもりを感じ、緊張がほぐれるのを感じた。「心配することはない。約束するよ」

イサームが緊張した面持ちでいったん言葉を切った。

「君はまだ返事をしていないぞ」

「何に？」

イサームが身を乗り出した。「一緒に住もうと言ったじゃないか」

アヴリルは突然乾いた唇をなめ、イサームの視線がその動きを追うのに気づいた。それだけで体が熱くなり、小さくため息をつく。自分の渇望の強さが怖かった。ついイエスという言葉を発したくなる。

でも、なぜためらうの？　私は親密さを求め、彼とマリアムとともに家庭を築きたいと思っている。

「いいわ」

まだ言いおえないうちにイサームが身を乗り出してアヴリルを膝の上に抱き寄せた。「すばらしい」そして彼女を抱いたまま立ちあがった。「さあ、ベッドのどちら側で寝たいか言ってごらん」

しかし、アヴリルは寝室まで運ばれながら、イサームが寝ることなど考えていないのを知っていた。期待が彼女の血を熱くわきたたせた。

13

アヴリルは急いでメイクをした。マリアムと遊んでいて時間を忘れていたのだ。

生後六カ月の娘は楽しそうに赤ちゃん言葉を発している。今では寝返りを打てるようになり、少し手を貸すだけでお座りができるようになった。

イサームはこの子には特別な才能があると主張したが、アヴリルはマリアムの成長をただ喜んでいた。父親と一緒にいる娘を見て、自分は正しいことをしているのだと確信できた。

それなのに、結婚式が数週間後に迫っていると思うと、なぜ背筋が冷たくなるのだろう？

アヴリルはその感覚を無視し、王室行事を前にした緊張だと自分に言い聞かせた。それでもまだ動揺はおさまらなかった。王妃にふさわしくない外国人と結婚するイサームが批判を浴びる恐れがあるのはわかっている。だから、彼のそばで務めを果たすために必要なことはすべて学ぼうと懸命に努力した。

この二カ月はジェットコースターに乗っているようだった。イサームとはさらに親密になり、二人の間に強い絆《きずな》を感じる瞬間もあった。公式行事に同行する機会も多く、そのたびに緊張を覚えることも少なくなっていった。

乗りきれたのはイサームとハナ・ビシャラのおかげだった。ハナはアヴリルの家庭教師であり友人でもあり、おかげで彼女は、努力すればここで自分の居場所を作ることができると思うようになった。

アヴリルはマスカラを置き、痛む胃を押さえた。

私はここで居場所を作りたかったのだろうか？

理屈の上ではそうだ。愛する男性と結婚しようと決めたときからそう思ってきた。その情熱的な男性は二人の夜を至福のひとときへと変えてくれている。だが、不安は消えなかった。アヴリルの努力にもかかわらず、弱まるどころか強まっていた。

寝室のドア口でアヴリルは立ちどまり、美しい部屋にしばし目を奪われた。

イサームは自分の部屋とは別のスイートルームを二人の寝室にした。彼の祖父母が使っていた部屋で、宮殿のすべてがそうであるようにここも壮麗だった。壁の絵はロマンチックな東屋《あずまや》をイメージした手描きで、ベッドの背後にはみずみずしい薔薇《ばら》の格子棚が描かれている。手を伸ばせば摘むことができそうなほどリアルだ。他の壁には、美しい春の庭とイングランドのなだらかな緑の丘が描かれていた。

祖父が結婚祝いにと、故郷が恋しくなるかもしれない祖母に贈ったものだった。だからイサームは婚約者も気に入るはずだと考えたのだろう。

アヴリルはとても気に入った。だが、自分のためにこんなロマンチックな部屋を用意してくれた夫に愛されたら、どんな気持ちになるかと思い、切ない痛みを感じずにいられなかった。

イサームはアヴリルをくつろがせるためにできる限りのことをしていた。彼女に運転を教え、親身になって励ました。アヴリルが喜びそうな場所に二人きりで出かけることもあった。のどかなプライベートビーチで泳いだり、たわむれ合ったりして楽しんだ。近代的なガラス張りのタワーにのぼり、彼が愛してやまない街の開発地域や旧市街を眺めながら極上のランチを味わったこともある。

ある晩はアヴリルをピクニックに誘った。街から離れて夜空に輝く星を眺め、イサームは彼女に星の名前を教えた。結婚式がすんだら、気球にも乗りに行くことになっていた。

イサームは思慮深く親切で、彼の情熱はアヴリルを興奮させた。しかし、何かが欠けていた。

花嫁のために部屋を装飾した祖父とは違い、イサームは婚約者を愛していなかった。

アヴリルは自分に言い聞かせた。これが二人の状況に対する最善の解決策なのだと。

でも、あなたは解決策以上のものを求めている。愛が欲しいのよ。

これまでずっと切望してきたものが。

アヴリルはかぶりを振り、ローブを脱ぎ捨てて、用意されたグリーンのドレスを着た。

私はマリアムがいたから結婚に同意した。それに、イサームと別れることに耐えられなかったから。

「ミズ・ロジャーズ、私と話してくれてありがとう。あなたと話したい人はおおぜいいるのに」

アヴリルはハーフィズの娘、ヘッサを気の毒に思った。この優雅なブルネット美人は王の花嫁として推薦されたものの、イサームに拒否されたという噂《うわさ》が広まっていた。今日の新しい国立図書館の完成祝賀会でも、アヴリルは人々がヘッサを見てささやき合ったり肘をつつき合ったりするのを目撃していた。

彼女はヘッサに近づいた。「とんでもない。同じような年齢の人と話せてうれしいわ」

「陛下はお気になさらないのですか？」イサームが群衆をかき分けてやってきて自分たちを引き離すのではないかと思っているように、ヘッサがアヴリルの肩の向こうを見やった。

「気にするわけないわ」むしろイサームはのけ者扱いされているヘッサと話すアヴリルに感謝していた。

「でも、私の父は――」

「あなたはお父さまじゃないわ」ハーフィズは世間の好奇の目にさらされる娘を放っておき、王の婚約発表以来、公の場や王室行事には姿を現していなかった。

「なんておやさしいの。今週父が引き起こした一件があなたに影響しなくて本当によかった」

「今週？」アヴリルは最近ハーフィズについて何も聞いていなかった。イサームは彼をうまく抑えこんでいると言っていた。

「ええ、あの市場で起きた出来事です」ヘッサの目が陰った。「父の言動をお詫《わ》びします。父があなたをあんなふうに貶《おとし》めたことが悲しくて」

アヴリルはさらに聞き出したいのをこらえた。今はそのときではない。それに、背筋を這《は》いおりる震えが別の人物の存在を告げていた。

それはイサームが近づくたびに感じる震えだった。イサームを見なくても、アヴリルの体は彼の存在を認識し、反応した。

いつものように興奮がわき起こった。しかし、それ以外にも何かが――絶望があった。

寝室をともにするようになって、アヴリルが恐れていたことが確認できたからだ。彼女が自覚した愛が薄れる気配はなかった。むしろ時がたつにつれて、より深くなっていった。

だが、イサームにとってアヴリルは義務だった。

それが変わることはないだろう。彼は思いやりがあり、やさしく、情熱的だ。そしてマリアムを愛している。

アヴリルの胸は締めつけられた。彼には愛がある。でも、その愛は私には向けられない。

「陛下」ヘッサがお辞儀をし、アヴリルはその優雅さに感嘆した。ヘッサは気品があり、魅力的で、この国と政治について詳しい。

あなたよりずっといい王妃になれるわ。

イサームはアヴリルの手を取り、かすかに震えているのに気づいて不安に駆られた。この数週間、彼の最善の努力にもかかわらず、二人の間は何かがうまくいっていなかった。何が？　彼が話をしようとするたびに、アヴリルは何もかも順調だと言った。

順調？　当たり障りのない言葉だ。それで納得したくはない。

イサームは当初、自分がアヴリルと一緒にいたいのと同じように、彼女も一緒にいたがっていると思っていた。二人はマリアムを通して固く結ばれていると。だが……。

ヘッサが話しかけ、イサームは我に返った。「新しい図書館の完成、おめでとうございます。すばらしい建物ですし、研究者にとっては最高の資料の宝庫となるでしょう」

「ありがとう」父親とともにこのプロジェクトを進めてきたのをイサームは誇りに思っていた。「アヴリル、ヘッサは歴史家なんだ。この図書館は一般の人々が利用できるだけでなく、貴重な古文書や記録の保管にも役立てられている」

すると、アヴリルがさっそくヘッサに彼女の仕事や、自分が参考にしたい文書について尋ねはじめた。

イサームは誇らしくなった。多くの人がヘッサを避けているのに、アヴリルは寛大な精神で彼女に接している。しかもヘッサに対してだけではない。アヴリルはＶＩＰから市場の売り子まで、誰に対しても礼儀正しく、興味を持って接した。

だが、一抹の不安は消えなかった。何かがおかしい。アヴリルは王室の責任の重さに圧倒されているのだろうか？　それとも、異国での慣れない生活にまだとまどっているのか？

イサームは励ますようにアヴリルの手を握ったが、反応はなかった。彼は心配になった。彼女がイサームに無関心だったことはなかった。

「祝賀会が始まる」イサームはざらついた声で言った。「アヴリル、テープカットを手伝ってくれるかい？」

「もちろんよ。初めての経験だわ」アヴリルがほほえんだが、心からの笑みではなかった。彼女のまなざしは奇妙なほど無感情で、イサームはますます心配になった。

理由を知る必要がある。今日じゅうに。

二時間後、イサームはアヴリルのあとから居間に入っていった。心配をよそに、彼女がハイヒールのせいで腰を揺らしながら歩くのを、彼は称賛をこめて眺めた。ドレスは控えめなデザインだったが、輝くシルクの下の体を想像せずにはいられなかった。

何カ月も寝室をともにしていても、アヴリルへの欲求が弱まることはなかった。

イサームは気をそらそうとアヴリルのドレスに目を向けた。ザーダールのファッションデザイナーたちはアヴリルを気に入り、自分の服を着せるチャンスを競っていたが、彼女は地元のメーカーを支援することにも力をそそいだ。そのグリーンのシルクは、昔ながらの生産技術を復活させた新しい企業によって織られたものだった。生地に描かれた繊細な白百合《しらゆり》はザーダールの山岳地帯に生育する国花だ。

「ずいぶん熱心に見るのね」アヴリルがスカートを撫《な》でつけた。「ドレスがどうかした？」

イサームは首を横に振った。「いや、シックなドレスが地場産業への支援にもなるんだから完璧だと思ったんだ。君の選択に拍手を送りたい」

アヴリルは美しく、そしてセクシーだった。イサームはそう言おうとして口ごもった。彼女はしばしば、自分の外見に対する賛辞をまるで信じていないかのように受け流した。

イサームは飲み物のグラスを差し出し、アヴリルが彼の指にはまったく触れずにグラスを受け取ると、失望をこらえた。

「今日は大成功だった。君のおかげだよ」アヴリルがよく一緒に座るソファではなく椅子を選んで腰を下ろし、イサームはまたしても不安に駆られた。

「図書館長と市長の間を取り持ってくれてありがとう。二人の不仲を心配していたが、君のおかげでうまくいった」

アヴリルは喜ぶ代わりにただうなずき、飲み物に視線を落とした。日ごと彼女はイサームから少しずつ離れていくようだった。肉体的には親密にもかかわらず、何かが変わってしまった。彼に見られていないと思っているとき、アヴリルの目は悲しげだった。

イサームはそれに耐えられなかった。「アヴリル――」

「イサーム、私――」

「君からどうぞ」イサームが言った。

イサームの表情が読めず、アヴリルは不安になった。称賛の言葉とは裏腹に、彼は何か深刻なことを考えているようだった。

今週起きたという一件だろうか？　ヘッサは詳細を言わなかったが、ハーフィズが何か企《たくら》んでいたのは明らかだった。

「なぜ話してくれなかったの？」アヴリルは身を乗り出した。「よりによってヘッサから、私が貶められたと聞いたのよ」

イサームは何を言っているのかわからないといったようすで顔をしかめた。「なんのことだか――」

「やめて。ハーフィズは最近私がしたことをあげつらって信用を失墜させ、私を通してあなたの信用も失墜させようとした。なのに、あなたは私を子供扱いして、大事なことを何も言わない」

「子供扱いだなんてとんでもない！」まるで自分のふるまいを非難されるのに慣れていないかのように、イサームがきっぱりと否定した。実際、そうなのだろう。王族にふさわしく育てられた彼は、常に相手に忠誠と服従を求めてきたのだ。

アヴリルは改めてイサームが何者であるかを思い起こした。彼はまず何よりも王なのだ。「あなたは重要な情報を隠している。何が間違っていたかわからないのに、どうやって学べばいいの？」

王室に慣れるには気の遠くなるような努力が必要だったが、イサームと本当のパートナーになれると思えば、アヴリルは喜んでそれに取り組んだ。しかし、しょせん無理な話なのかもしれない。

「重要な情報など――」

「まだ否定するのね。どうして正直に言ってくれないの？」

イサームがかぶりを振った。「正直に言うよ。ヘッサから何を聞いたか知らないが、君は何も間違ったことはしていない。ハーフィズが事実をゆがめようとしただけだ」

ダークスーツに身を包み、ネクタイをはずして襟元を開けたイサームは、アヴリルがロンドンで会った魅力的な実業家を思い出させた。彼がふつうの男性だったらと願い、アヴリルは胸が締めつけられた。ふつうの男性なら恋に落ちる可能性もあったからだ。だが、ザーダールの王は愛のない結婚をすることを運命づけられている。

イサームにはたくさんの愛があった。アヴリルは彼が妹や父にどれだけ深い愛情をそそいでいたかを知っているし、マリアムをどれだけ愛しているかも毎日この目で見てきた。

でも、ロマンチックな愛は？　イサームは自分には恋愛はできないとほのめかしていたけれど、そのとおりかもしれない。

私は自分が二人ぶん愛せばいいと思っていた。彼が与えてくれるものだけでいいと思っていた。

私は自分を欺いていたのだろうか？

「ハーフィズは失敗したんだ。先週コミュニティセンターで君が踊っているビデオを見た彼は、そのあと取材を受けた」

アヴリルは顔をしかめた。その日は、ハナや彼女の友人たちと一緒に会合に出席するためにセンターにいたのだ。王室の公式行事ではなかったが、アヴリルは彼女たちと一緒にくつろいで過ごした。

「あまりうまく踊れなかったけれど、みんな熱心に教えてくれたわ。でも、王妃にふさわしくは見えなかったでしょうね」

「うまく踊れるかどうかは問題ではない。その踊りは伝統的に若い女性が結婚前に踊るものなんだ。生娘が」

アヴリルは目を見開いた。私はまだ結婚していないけれど、生娘でないことは誰もが知っている。

「でも、一緒に踊ろうと誘われたのよ」

イサームがうなずいた。「君は何も悪くない。ハーフィズが君を貶めようとしただけだ。ダンスは結婚を控えているだけでなく、性的に未熟な女性のものだと彼は言った。その発言は君ではなく彼の印象を悪くした。君を侮辱しようともくろんだのに、彼が激しい抗議を受けたんだ」

アヴリルは嫌悪感を抑えこんだ。「市場での出来事は？」

イサームが顎をこわばらせて不快感を示した。それとも怒りだろうか？「彼は君が菓子店に行ったと聞いて、それに尾ひれをつけようとした」

アヴリルは広大な市場を訪れ、楽しく過ごした時間を思い返した。店主は彼女をカウンターの中に招き入れて、おいしい菓子がどのように作られるかを見せてくれた。「わからないわ。私は試食しただけよ。お菓子を受け取ってはいけなかったの？」

「君は何もしていない。ただ店主の近くに立っていただけだ」

「あそこが狭いスペースだったから。でも、カウンター越しに私たちはずっと丸見えだったわ」イサームの表情に気づき、アヴリルは言葉を切った。「まさか、ハーフィズは店主が私を口説いたと思ったの？」

イザームが言いにくそうに言った。「いや、その逆だ」

アヴリルは口を開き、そして閉じた。「私が店主を誘惑しようとしたというの？」彼女は立ちあがり、両腕を体に回して部屋を横切った。

「くだらない話だ。君が何か間違ったことをしたわけではないんだ」

「いいえ」アヴリルは声を絞り出した。「私がどういう女かという話よ。不義の罪を犯した女？　結婚前にあなたの子供を産んだから」

振り返ると、イサームが立ちあがり、心配そうに額にしわを寄せていた。そして、アヴリルに歩み寄って手を取ろうとしたが、彼女はその手を背中に回した。彼になだめられたくなかった。

イサームが平手打ちを食らったかのように体をこわばらせた。

「教えて。お願い、イサーム」

彼がズボンのポケットに手を突っこんだ。「そのとおりだ。ハーフィズは僕に代わって王になろうとする試みが失敗したから、今度は君の人格を傷つけようとしたんだ。だが、それもうまくいかなかった。それどころか、自分のしたことにしっぺ返しされているよ。君が彼の言うような女性でないことは誰にでもわかる。実際、君はとても人気があり、多くの人に称賛されている」

それは事実かもしれないが、アヴリルは気分が悪くなった。「どうして教えてくれなかったの？」

「ハーフィズの卑劣な企みのせいで君を動揺させたくなかったからだ。それに、彼はようやく愚かな野心を捨てようとしている。もう心配する必要はない」

アヴリルは顔をしかめた。それはいい知らせだが、イサームが真実を隠していたことに変わりはない。

「私は知っておきたかったわ!」

「君を失望させたならあやまるよ。心配をかけたくなかったんだ。僕が君をそういう立場に置いたのだから、責任は僕にある」

「あなたの責任だなんて言わないで。私の責任よ!」アヴリルの声は一オクターブ高くなった。

もしイサームが君を守るのは僕の義務だなどと言ったら、叫んでしまいそうだった。理不尽だが、彼女は義務という言葉を憎むようになっていた。彼にとって義務や庇護《ひご》の対象以上の存在になりたかった。

「あなたが正しいことをしようとしているのはわかるけど、逆効果よ。私は必死に王室に溶けこもうとしているのに、あなたは真実を打ち明けるほど私を信頼していない。私を本当のパートナーとして扱ってくれない」

イサームの怯《おび》えた表情が多くを物語っていた。

「僕は君を信頼しているよ。わかっているだろう」

アヴリルはゆっくりと息を吐いた。「そうね。でも、それだけでは十分じゃないの」

図書館の完成祝賀会の前、アヴリルはイサームが新しいドレス姿の自分に魅力を感じてくれることを想像し、高揚感を覚えた。しかし彼は、アヴリルが地元の産業を支えているのを喜んだだけだった。

イサームはよく私をほめるけれど、それはいつも私の学習能力や人前でのふるまいについてだ。彼が気にかけているのは、私の将来の公的な役割だけ。

イサームが何か言ったが、激しい動悸《どうき》のせいで聞き取れなかった。アヴリルは体が引き裂かれるような痛みを覚えていた。

混乱を浮かべたイサームの目を見つめ、アヴリルはもう元には戻れないと悟った。

これはイサームが隠し事をしていたことへの失望から始まったのかもしれない。しかし突然、何カ月も抱えてきた疑念と不安が混じり合い、後悔と深い悲しみが決意を促した。

結婚を申しこまれて以来、ずっと避けてきた真実に、アヴリルはついに直面せざるをえなくなった。

「イサーム、私はこれ以上続けられない。ここに来てあなたと一緒に暮らしたことは、私の人生で最大の過ちだったわ」彼女は嗚咽《おえつ》をこらえて息を吸いこんだ。みじめさが胸にあふれた。「自分を信じてがんばってきたけれど、あなたと結婚して王妃になるなんてできない。どうしてもできないの」

これまでずっと気持ちを押し殺し、きっとうまくいくと自分を偽って、義務とすばらしいセックス、それに二人のマリアムへの愛があれば十分だと思いこもうとしてきた。でも、もう限界だ。

イサームが腕に手をかけてきたとき、アヴリルは彼の表情をはっきりとは読み取れなかった。まばたきをしたものの、視界は晴れなかった。

「話してくれ、アヴリル。全部話してほしい」

驚いたことに、イサームの声には怒りの代わりに心配が聞き取れた。

「お願いだ、スイートハート。話してくれ」

アヴリルの胸の中で固い何かがひび割れた。イサームがスイートハートと呼びかけたとき、心がほぐれそうになった。彼の腕の中で天国を味わった親密な時間を思い出したのだ。

あのとき私は、自分たちが二人で一つなのだという幻想にひたった。でも、やはり幻想にすぎなかった。二人の間にはロマンスも愛もない。これからもないだろう。私が気に入るとわかっていたから、イサームはスイートハートと呼びかけたのだ。ただそれだけ。

自分よりも娘を優先すべきだとわかっていたが、アヴリルはもう限界だった。これ以上前に進めなかった。

「お願い、イサーム、私にはもう無理……」嗚咽がこみあげ、喉をふさいだ。「一人になりたいの」

目に染みる熱い涙をまばたきでこらえながら、アヴリルはそこに立っているのが精いっぱいだった。

イサームが何か言ったが、激しい鼓動にまぎれて聞き取れなかった。アヴリルが黙っていると、イサームはようやく彼女を放し、後ろに下がった。

アヴリルは泣きたくなった。言葉とは裏腹に、本当は愛する人の腕の中にいたかった。それでも彼から離れ、両腕で体を強く抱きしめて自分を保とうとした。

イサームが黙って部屋を出ていくと、アヴリルは孤独感に打ちのめされた。

14

イサームは痛みを知っていた。少なくとも知っているつもりだった。

ヘリコプターの墜落事故のあと、彼は地獄を経験した。父を亡くした悲しみを忘れたことはない。それに長い間、亡き妹を救えなかった罪悪感を抱えて生きてきた。

だが、アヴリルに結婚することはできないと言われたときの絶望感は……。

イサームはやりきれない気持ちになった。アヴリルの不幸の原因が自分にあるからだ。

彼は書斎の窓の向こうに広がる街の景色を眺めたが、苦悩するアヴリルの顔が頭から離れなかった。

なぜこんなことになってしまったのだろう？　最近まで、うまくいっていると思っていた。一緒に時間を過ごすうちに、二人の間には娘への愛情や欲望とは関係のない親密さが生まれていた。

若いころのイサームは富や特権、女性を引きつける恵まれた外見を当然のように享受していた。自分に尻込みする女性には出会ったことがなかった。

僕は多くの点で間違っていた。アヴリルは動揺していた。いや、取り乱していた。そして苦しみのあまり、僕に背を向けた！

イサームは彼女を抱きしめて、この状況を打開する方法を必ず見つけると約束したかった。

これまでずっと、自分は直面するどんな問題にも対処できると信じてきた。心の奥底には、もし世界から他のすべてが失われても、アヴリルとマリアムさえいればそれで満足だという思いがあり、我ながら驚いていた。女性にこれほど深い感情を抱くとは思ってもみなかったし、尊敬と好意と欲望さえあれば、結婚生活はうまくいくと考えていたのだ。

ところが今になって、何もわかっていなかったと悟った。僕のアヴリルへの思いは、小さな娘への思いと同じく、骨の髄まで届くほど深く、砂漠の嵐並みに激しく、北極星のように不変のものだった。

だが、アヴリルは僕にそういう感情を抱いていなかった。僕は彼女を苦しめていただけだ。

僕は二人が一緒にいるのは当然で、アヴリルを幸せにできると思いこんでいた。自分が彼女にとって十分でないとは考えもしなかった。

体の奥底から震えが起こり、床が揺れだした気がして、イサームは壁に手をついた。窓の向こうの街の明かりが傾き、ぼやけていく。

しかし、揺れているのは世界ではなく、彼だった。

動揺したイサームは窓から目をそらし、デスクの向こうの革張りの椅子にどさりと座った。アヴリルに約束を守らせることもできる。その気になれば、出国を阻止することもできる。彼女を引きとめる言い分が何かあるはずだ。

だが、イサームはアヴリルの苦悩を思い出した。彼女の瞳に宿る苦しみ、絶望と心痛を物語る嗚咽《おえつ》を。

僕は傲慢にも、自分の思いどおりにするために、そのすべてに向き合っていなかったのだろうか？

アヴリルにはいろいろな面があった。忠実で献身的なアシスタント。情熱的なベッドのパートナー。やさしい母親。星空の下でピクニックをしたり、新しい言語を学んだりすることに喜びを感じる彼女の姿は、人生においてはシンプルなものにこそ価値があると常に思い出させてくれた。

無理に引きとめたら、僕はアヴリルを永遠に失うのではないだろうか？

イサームはデスクに肘をつき、頭を抱えた。

アヴリルをそばに置くことはできる。だが、その代償は？

アヴリルが心配しはじめたのは、それから数時間後のことだった。マリアムに母乳を与えて寝かしつけると、部屋を歩きまわり、イサームが差し出す世界を受け入れるよう自分を説得しようとした。

ロンドンに戻ってシーラの小さな家で暮らす自分とマリアムを想像してみなさい。イサームのいない生活を。

彼のいない未来は想像できなかった。

居間のアンティーク時計が二時を告げ、イサームが立ち去ってからどれだけ長い時間が過ぎたかわかった。

イサームが戻ってこないのを心配する必要はない。今夜、私と同じベッドで寝るはずがないのだから。宮殿には豪華な寝室がたくさんあるし、私は彼にとって一番会いたくない相手だ。

でも、二人の結婚は今さら取り消せない。イサームは私の拒絶を受け入れず、説得しようとするはずだ。

あきれたことに、アヴリルはすでにイサームが恋しかった。イサームの腕の中の心地よさ、彼が与えてくれるすべてがうまくいくという感覚を切望していた。

アヴリルは両手で腕をさすり、体を温めようとした。

朝まで待って。彼と話すのはそれからよ。

だがアヴリルは、これ以上続けられない、一人になりたいと言ったときのイサームの反応を思い出した。イサームはショックを受けていた。涙で目がかすんで表情がよく読めなかったが、彼はただ驚いているのではなく、ひどく傷ついているように見えた。

明日まで待てない。一人になりたいからといって、イサームを放っておくことはできない。

イサームは書斎にいた。ドアの下から明かりがもれているのを見て、アヴリルはノックをせず、そっとノブを回して中に入った。彼はデスクの向こうに座り、肩を落として手に持った紙の束を見おろしていた。彼女はドアのすぐ内側で足を止め、イサームに会うのはこれが最後になるのだろうかと思いながら、そのようすを眺めた。

「アヴリル」

暗く陰ったグレーの瞳がアヴリルを見つめた。彼女はいつものように鼓動が速くなるのを感じた。ただ今回はそれとは別に、激しい胸の痛みが全身に広がった。

まだここを発《た》ってもいないのに。

イサームが立ちあがってアヴリルのところに来ないのも、座るよう促さないのも初めてだった。彼はただ座ったまま、じっとアヴリルを見つめていた。

私は正しいことをしているのだとアヴリルは自分に言い聞かせた。だが、そうは思えなかった。

震える脚で部屋に入り、デスクの前の椅子に腰を下ろすと、心細い気分になった。間近で見るイサームは急に老けて見え、口元と目尻には今まで気づかなかった深いしわが刻まれていた。

怒っているのか、失望しているのか。

その両方に違いない。記憶喪失とハーフィズの策略に加え、新たな問題を抱えたのだから。

「ごめんなさい、イサーム。もっと早く言うべきだったわ。あなたとの結婚に同意すべきじゃなかったのよ。このことをハーフィズは利用しようとするかしら？」王室の結婚式を中止したらどれほどの損害が生じるかを想像して、アヴリルは言葉を切った。

もし二人が別れたら大スキャンダルになるだろう。そうなったらハーフィズの思うつぼだ。

「彼のことは心配するな」


「でも――」

「言っただろう、ハーフィズはもう終わりだ。宮殿にいる彼のスパイを突きとめ、これまでの妨害工作が明らかになった。彼は事情聴取ですべてを告白したばかりだよ。それを記録したデータは明日、王室評議会のメンバーと共有される。会議がすみしだい、君に報告しようと思っていた」

アヴリルはほっとした。もし結婚を取りやめるせいでハーフィズが王位につくことになったら、決して自分を許せないだろう。

しかし、今も胸をさいなんでいる痛みから解放されることはなかった。アヴリルは膝の上で固く握りしめた両手を見つめながら、この状況から抜け出す簡単な方法があればと願った。

「そんなにつらいのか、アヴリル？」

こぼれそうな涙をこらえ、アヴリルはまばたきをした。

「もう一度チャンスをくれるよう君を説得するために、僕に言えることは何もないのか？」

その温かいバリトンの声にやさしさと痛みを感じ、アヴリルは息が詰まった。

イサームは娘のため、国のため、そして私のために最善を尽くそうとするすばらしい人だ。私を愛していないのは、彼のせいではない。

アヴリルはごくりと唾をのみこんだ。私の気持ちを変える言葉が一つだけあると言いたかった。でも、イサームからその言葉を聞くことは決してないだろう。彼は誠実で責任感のある夫になるに違いないが、それだけだ。私は彼の人生の光にはなれない。

彼女は咳《せき》払いをした。「ごめんなさい」

少なくともこれが永遠の別れにはならないのはわかっていた。イサームはマリアムの人生に不可欠な役割を果たすつもりでいる。一番いいのは、私が娘と一緒にどこか近くに引っ越すことだ。イサームと別れてザーダールで暮らすのは大変だけれど、ロンドンに戻るのは現実的ではない。娘には両親が必要だ。

ザーダールの首都に住むか、毎日宮殿を見なくてもすむような海岸沿いの小さな町に引っ越すか。少なくとも最初の数年は父と娘の絆《きずな》を深めるために、そうしよう。そのあとはロンドンに戻り、マリアムは休暇を利用して父親を訪ねてもいい。

きっといい方法があるはずだと、アヴリルは必死に考えた。

イサームの椅子が動く音がし、アヴリルははっとした。まさか、彼は私を誘惑して考えを変えさせる気なの？　自分がどうすべきかはわかっているけれど、イサームのキスにあらがえるかどうか自信がない。

しかし、イサームはデスクを回ってこちらに来るのではなく、窓に近づき、外を眺めた。手からくしやくしゃになった紙の束が落ちた。

アヴリルは彼の誇り高く厳しい横顔を見た。

「そうか」イサームの声は砂利のようにざらつき、彼女の体と心をかき乱した。「君の気持ちを変えようとは思わない」

イサームが顎を上げると、喉が痙攣《けいれん》するように動くのが見えた。彼は力強く、傲慢にさえ見えたが、そのしぐさはどこか弱々しく、アヴリルの胸に痛みが走った。

「ずっと考えていたの」彼女が話しはじめると、イサームがさえぎった。

「心配しなくていい。僕がすべて手配する。婚約解消の公式発表も、君とマリアムの帰国の便も。ただ、君たちがロンドンに戻るまで、一日か二日待ったほうがいいかもしれない。そうすれば、僕のスタッフが君たちの旅だけでなく、より長期的な安全を確保できる」

アヴリルは顔をしかめた。「長期的?」

イサームがうなずいたが、目を合わせたくないのか、窓の向こうの景色を見つめたままだった。「君とマリアムがロンドンに住むのなら、セキュリティを万全にしたい。もっと警備しやすい別の家を買わせてほしいんだ。その間、君はあのロンドンのホテルのスイートルームに泊まればいい」

アヴリルは一瞬ふらつき、デスクに手をついて体を支えた。

イサームは私が娘を連れていくことに同意したの? イギリスで育てることに?

「でも、私がマリアムをイギリスへ連れていけば、あなたは頻繁に会えなくなるわ」

イサームがたじろぐのがわかった。

「会えるときに会いに行くよ」

その言葉に続く沈黙に、アヴリルは心に穴があいたような気分になった。イサームのスケジュールならよく知っている。彼は毎日、なんとか二人で過ごす時間を捻出していた。でも、ロンドンを訪れるのは？　そんな時間はめったに作れないだろう。

「あなたは名実ともにあの子の父親になりたかったんでしょう？」アヴリルはささやいた。

今回イサームはたじろがず、ただ遠くの街灯を見つめていた。自分を統治者として慕っている何百万もの人々のことを考えているのだろうか？「欲しいものをすべて手に入れることはできない。あの子が大きくなったら、埋め合わせをするよ」

アヴリルは口に手を当て、恐怖の叫び声をこらえた。イサームがどれほど娘を愛しているかは知っている。彼は父親になったことを心から喜び、常に家族を第一に考えてくれた。だから私たちを手放すのだろうか？　私が幸せなら、マリアムはもっと幸せになれると思って？

イサームは娘との絆を犠牲にしようとしている。

私はマリアムに両親を与えたかったけれど、いざとなると、愛のない結婚に踏みきれなかった。

苦悩するイサームに引き寄せられるように、アヴリルはデスクを回っていった。自分が原因なのがつらかった。もっといい解決策があればいいのに。

足元で何かががさがさと音をたて、目をやると、さっきイサームの手から落ちた紙の束だった。新聞だ。第一面に大きな写真が載っている。彼女はそれを拾いあげた。

心臓の鼓動が大きくなり、喉の奥に何かが引っかかった。それは婚約発表の日に撮られた写真の一枚だったが、アヴリルは今まで見たことがなかった。そこにはマリアムを抱いて座るイサームとアヴリルが写っていた。アヴリルは娘を見おろしてほほえんでいたが、イサームは娘を見てはいなかった。カメラ目線でもない。彼は感情をあらわにした表情でアヴリルを見つめていた。

アングルや光の加減でそう見えるのだと、アヴリルは自分に言い聞かせた。しかし、彼女の中で何かが躍動した。明るく希望に満ちた何かが。アヴリルを見つめるイサームの表情には見覚えがあった。以前に見たことがあったからではなく、自分が彼を見つめるときと同じ表情だったからだ。

アヴリルの震える手から新聞が落ちた。

「もう遅い。休むといい。日が昇ってから話をしよう」そう言いつつもイサームは振り返らなかった。

彼はすでに私のいない将来を考えているのだろうか？　そうは思わない。

アヴリルはイサームの背後に近づき、柑橘《かんきつ》系の香りを吸いこんだ。「本当に私を説得するつもりはないの？」

突然、イサームが振り返った。彼の目に宿る痛みがはっきりと見て取れ、彼女は泣きたくなった。

気がつくと、震える手をイサームの温かい手がしっかりと包みこんでいた。

「私……あなたはマリアムのために私を必要としているだけだと思ったの。それとスキャンダルを避けるために」

イサームが長い指に力をこめた。沈黙が深まる中、アヴリルの体には熱い血が駆けめぐった。

「最初は僕もそう思っていた。覚えておいてほしいんだが、僕はいずれ政略結婚することを前提に育てられた。僕の一族は愛のために結婚することはなかった。祖父母は唯一の例外で、祖父が早くに亡くなったあと、祖母は毎日祖父を思って悲しんでいたものだ。それが僕を恋愛から遠ざけさせたんじゃないかな」イサームが深く息をついた。「だが、今は違う。祖母の気持ちがよくわかる。この数カ月は――」

「すてきな話ね」アヴリルは期待するまいとしながらささやいた。

イサームが彼女の手を強く握った。「僕は変わった」

アヴリルはうなずいた。「私はマリアムのためにあなたと結婚しても幸せになれると自分に言い聞かせていたの。でも、あなたと親密になれたと思うたびに、私たちの関係は義務の上に成り立っていると思い知らされることが起きたのよ」

「アヴリル、僕は——」

イサームが口をはさもうとしたが、アヴリルはかまわず続けた。「あなたがマリアムを愛しているのと同じように、ほんの少しでも私を愛してくれたらと願ったこともあったわ。私はあなたを愛している。でも、あなたがほめてくれるのは、私がザーダールの慣習や王室のしきたりを身につけたときや、公の場で正しいふるまいをしたときだけだった。あなたが認めてくれるのは、決してありのままの私ではないのだと感じたの」彼が再び口をはさもうとすると、アヴリルは急いで言葉を継いだ。「わかっているわ、イサーム。あなたにとってザーダールほど大切なものはないのでしょう。国は常にあなたの絶対的な優先事項だった。そして、あなたは私を真のパートナーだとは思っていなかった。私は守るべき存在で、愛する相手ではなかったのよ」

「君は愛されるべき人だ」イサームがほほえむと、アヴリルは胸にのしかかっていた重荷が取り除かれるのを感じた。「そのことがわだかまっていて、結婚に踏みきれなかったのか」

イサームは今、ほほえみ、やさしい表情を浮かべていて、一方のアヴリルは震えていた。すると彼がアヴリルに腕を回し、引き寄せた。

私がイサームを必要とするのと同じく、彼も私を必要としているの？

イサームの誇り高い顔を見あげると、アヴリルの胸に温かさがあふれた。愛と居場所を見つけたと確信したからだ。

「アヴリル、君は誤解している――」

「わかっているわ。大スキャンダルになると知りながらもあなたが私とマリアムをロンドンに帰すつもりだとわかったとき、あなたの気持ちに気づいたの。あなたは何よりも私の幸せを考えてくれている」アヴリルは彼の肩にしがみついた。

イサームが今まで見たこともないまなざしでアヴリルを見つめた。「君を手に入れるためなら、僕のすべてを犠牲にしてもいい。君は僕にとってザーダールほど大切なものはないと言うが、僕は君のためなら王位を――」

アヴリルは彼の唇に指を押し当てた。「言わないで。私はそんなことは決して望んでいないから」

イサームが人生をかけてまっとうしようとしている役割を放棄させるなんて考えられなかった。彼はただ国に尽くしているだけでなく、統治者として優秀で、国民から愛されている。

イサームはアヴリルの指にキスをしてから、彼女の手を自分の胸に当てさせた。アヴリルは彼の力強い鼓動を感じた。

「愛しているよ、アヴリル」その言葉は世界を静止させ、アヴリルの五感を高ぶらせた。「君への愛は娘への愛とは違うが、同じくらい強い。僕が何よりも望むのは君の幸せだ。心から愛しているから」

アヴリルのすべてが喜びに震えた。「だから私をロンドンに帰すことにしたの？」

「他に何ができる？　君がここに溶けこもうと最善を尽くしたことは知っている。君がここで幸せになれないのなら、他に選択肢はなかった」

「イサーム、問題は場所じゃないの」

「問題は僕だった」イサームが大きく息を吸いこんだ。「もっと早く自覚していたら。僕は最初から君に惹《ひ》かれていた。ロンドンでのあの夜、君に手を出してはいけないとわかっていたのに、どうしても自分を止めることができなかった」

「思い出したの？」

　イサームがにやりとした。「今、何もかも思い出した。実際、僕の記憶を目覚めさせたのは、会議テーブルをはさんで再会した君だった。急に親密な瞬間がよみがえったんだ。だから君をスタッフにゆだねて立ち去ったんだよ。僕は一族の伝統を破って恋に落ちたんだ」

　アヴリルは笑った。「あなたのお祖父《じい》さまとお祖母《ばあ》さまはあなたを誇りに思うでしょう」

「そのとおりだ。これからは君とすべてを分かち合うと約束したら、考え直してここに残ってくれるかい？」

「もちろんよ、イサーム！　すべてを打ち明けてくれないと言ってあなたを責めたけれど、私もそうだった。長い間、誰にも愛されていないと思いこんでいたから、怖くて自分の気持ちを打ち明けられなかったの。もしそうしたら――」

　イサームの唇がアヴリルの唇をふさいだ。理解と愛、そして自分自身の未来への希望を、アヴリルは喜びとともにしっかりと胸に抱きしめた。

「僕たち二人とも間違いを犯したんだ。これからはお互いを信じ合おう」

　アヴリルはイサームの首に腕を回し、心からほほえんだ。「完璧だわ、私のいとしい人《マイ・ラブ》」

エピローグ

「やったー！」シャキルが座席ではねながら手をたたいた。

その横でイサームはほほえみ、息子の頭越しにアヴリルの視線をとらえた。その茶色の瞳の奥底には笑いがひそんでいる。

「王族として許されるふるまいでないのは承知しているよ」イサームはささやいた。「だが、この子はまだ幼いし、マリアムのために喜んでいるんだ」

子供たちが王族としてのふるまいを学んでも子供らしい喜びを失わないために、イサームは常に心を配っていた。彼は子供たちに、自分が今そうであるように、バランスの取れた生活を送ってほしかった。

そう思うことができるのは最愛の妻のおかげだ。

シャキルはサッカーが大好きで、来年学校に入って、地元のサッカー大会に参加するのを楽しみにしている。息子にとって、姉のチームが学年別大会で優勝するのは、その次にうれしいことだった。

シャキルの隣では、双子の妹のサラが同じように熱狂的な拍手を送っていた。しかしイサームは、宮殿に戻ったサラがサッカーボールやバスケットボールを手にする代わりに、写真集を持ってソファで丸くなったり、お気に入りの新しい色鉛筆でその日の出来事を描いたりするのを知っていた。

イサームとアヴリルはそれぞれ魅力的な個性を持った子供たちに恵まれた。この先、どんな未来が待っているのかわからないが、そこに豊かな愛があるのは間違いなかった。

「何を考えているの、イサーム？」アヴリルが立ちあがり、彼のそばで足を止めた。

イサームも立ちあがり、彼女の手を取って引き寄せた。カメラを向けられることは避けられないが、ザーダール人は国王夫妻の愛情表現を見るのに慣れていた。周囲に座っている友人やＶＩＰたちは振り向きもしなかった。

「このすべてを君と分かち合える自分がどれだけ幸運か考えていたんだ、スイートハート」イサームはかたわらにいる双子や、フィールドにいる娘を示すように手を広げた。「君が僕を完全にしてくれる」

今日のアヴリルは琥珀《こはく》色のシルクのワンピースを着て、イサームから贈られた家宝の指輪とそろいのルビーのイヤリングをつけていた。だが、彼女をゴージャスにしているのは身につけているものではなく、内面の美しさと瞳に宿る愛の輝きだった。

突然、イサームは周囲の静寂に気づいた。群衆は王妃が演壇に向かい、表彰式を始めるのを待っている。

アヴリルはまばたきをした。「タイミングが悪かったみたい。でも、私もまったく同じ気持ちよ。この話の続きは、家に帰って子供たちが眠ってからにしましょう」

イサームはアヴリルの手をぎゅっと握りしめてから放すと、腰を下ろした。そしてアヴリルが演壇に立ち、優勝したチームの面々を表彰するのを見守った。

スタンドに拍手が巻き起こった。

サラがそばに来て、もっとよく見ようとイサームの膝の上に座った。シャキルがもう一方の膝にのると、イサームは二人を抱き寄せた。そして、最愛の妻に視線を移し、誇りと愛に満ちた笑みを浮かべた。

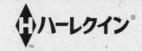

忘れられた秘書の涙の秘密
2025年1月20日発行

著　　者	アニー・ウエスト
訳　　者	上田なつき（うえだ　なつき）
発 行 人	鈴木幸辰
発 行 所	株式会社ハーパーコリンズ・ジャパン 東京都千代田区大手町 1-5-1 電話 04-2951-2000（注文） 0570-008091（読者サービス係）
印刷・製本	大日本印刷株式会社 東京都新宿区市谷加賀町 1-1-1

造本には十分注意しておりますが、乱丁（ページ順序の間違い）・落丁（本文の一部抜け落ち）がありました場合は、お取り替えいたします。ご面倒ですが、購入された書店名を明記の上、小社読者サービス係宛ご送付ください。送料小社負担にてお取り替えいたします。ただし、古書店で購入されたものについてはお取り替えできません。®とTMがついているものは Harlequin Enterprises ULC の登録商標です。

この書籍の本文は環境対応型の植物油インクを使用して印刷しています。

ISBN978-4-596-71988-1 C0297

1月29日発売　ハーレクイン・シリーズ 2月5日刊

ハーレクイン・ロマンス　愛の激しさを知る

アリストパネスは誰も愛さない〈億万長者と運命の花嫁Ⅱ〉	ジャッキー・アシェンデン／中野　恵 訳	R-3941
雪の夜のダイヤモンドベビー〈エーゲ海の富豪兄弟Ⅱ〉	リン・グレアム／久保奈緒実 訳	R-3942
靴のないシンデレラ《伝説の名作選》	ジェニー・ルーカス／萩原ちさと 訳	R-3943
ギリシア富豪は仮面の花婿《伝説の名作選》	シャロン・ケンドリック／山口西夏 訳	R-3944

ハーレクイン・イマージュ　ピュアな思いに満たされる

遅れてきた愛の天使	ＪＣ・ハロウェイ／加納亜依 訳	I-2837
都会の迷い子《至福の名作選》	リンゼイ・アームストロング／宮崎　彩 訳	I-2838

ハーレクイン・マスターピース　世界に愛された作家たち ～永久不滅の銘作コレクション～

水仙の家《キャロル・モーティマー・コレクション》	キャロル・モーティマー／加藤しをり 訳	MP-111

ハーレクイン・ヒストリカル・スペシャル　華やかなりし時代へ誘う

夢の公爵と最初で最後の舞踏会	ソフィア・ウィリアムズ／琴葉かいら 訳	PHS-344
伯爵と別人の花嫁	エリザベス・ロールズ／永幡みちこ 訳	PHS-345

ハーレクイン・プレゼンツ作家シリーズ別冊　魅惑のテーマが光る 極上セレクション

新コレクション、開幕！

赤毛のアデレイド《ハーレクイン・ロマンス・タイムマシン》	ベティ・ニールズ／小林節子 訳	PB-402

※予告なく発売日・刊行タイトルが変更になる場合がございます。ご了承ください。